秦漢文學故事

【上冊】

秦漢文學故事 上

目次

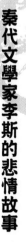

秦代文學家李斯的悲情故事

秦代的統一，結束了二百年來七國紛爭的局面。為了適應統一帝國的需要，秦王朝在政治、經濟和文化上，採取了一系列改革措施。統一了文字，為文化學術的發展創造了有利條件。但是，秦王朝為了消滅一切反秦意識，實行了史無前例的「焚書坑儒」，使中華文化遭受了空前的劫難，許多先秦寶貴典籍從此湮沒失傳。在以「挾書者族」為法律的秦代，文學幾乎沒有什麼成就。可以作為文學作品來提及的，只是幾篇政論文和幾則銘文，其作家則僅有一個丞相李斯。因此，魯迅先生在《漢文學史綱要》中指出：「由現存者而言，秦之文章，李斯一人而已。」

李斯（？—公元前二〇八年），戰國時楚國上蔡（今河南上蔡縣西南）人。他出身卑微，早年生活窮困。他不滿自己社會地位的低下，對富貴者常懷欽慕之情。李斯年輕的時候，曾做過管理文書的「郡小吏」。他看見辦公處廁所裡的老鼠，賊頭賊腦地吃點髒東西，每當有人或狗走近的時候，總是嚇得逃之夭夭。而進入糧倉時他看到倉裡的老鼠，無憂無慮地吃著倉裡儲存的糧食，個個腸肥腦滿，在寬敞的大屋子裡不遭風雨侵擾，又不受他物的驚嚇。由此他聯想不同的人生，而深有感觸地說：人們貧賤與富貴的懸殊，就如同這「廁中鼠」與「倉中鼠」的區別一樣，一個人要想有出息，就要像「倉中鼠」那樣為自己尋找一個優越的環境和有利的條件。

為了這一人生追求，李斯千里迢迢誠拜荀況為師，跟他潛心學習「帝王之術」。學業完成後，適逢楚國貴族專權，政治黑暗，英雄無用武之地。李斯考慮到六國皆弱，不足依賴，就辭別老師，前往秦國，想趁秦統一天下、創帝王業之機，來施展自己的才華，贏得應有的功名。

公元前二四七年，李斯到達秦國。正逢秦莊襄王病死，秦王政即位。為能接近秦王，李斯暫時做了當時秦國丞相文信侯呂不韋的家臣。後得呂不韋賞識，被提升為郎（國君的侍衛）。李斯因此得到了遊說秦王的機會。他借職務之便，尋機陳述政見，力勸秦王趁國勢強大、諸侯臣服之時，吞併諸侯成就帝業，實現天下統一。如不儘早行動，一旦諸侯強大起來，或聯合起來抗秦，就失去了良機。秦王聽後頗受震動，決心不失時機地滅掉諸侯，統一天下，於是任命李斯為長史，參與議政。

李斯通觀時局，知道諸侯各國因長期內戰，內部矛盾重重，建議秦王暗地派人持金銀珠寶去賄賂、說服各諸侯國的大臣，讓他們事秦；不受賄賂又不肯事秦的，想方設法進行暗殺。以此來分化瓦解，造成混亂，削弱諸侯國實力，隨後再派良將率大軍趁亂而入，各個擊破。秦王言聽計從，又拜李斯為客卿。

秦始皇統一中國後，李斯因輔佐君王有功，官升至丞相。秦王朝建立初期，百業待興，秦始皇常常以國事徵詢李斯意見，李斯成了秦始皇的得力助手。他謀劃實行君主專制的中央集權制，剝奪宗室大臣的特權，協助秦始皇制定了全國統一的法律、文字、度量衡等。李斯還親自書寫奏章、刻石文，像著名的〈琅琊刻石〉、〈泰山刻石〉、〈會稽刻石〉等都出自李斯的手筆，那是他隨同秦始皇巡遊山東、浙江等地時，刻在山石上的文字，因此也叫石刻文或刻石文，其內容多是歌頌秦始皇的功德。如〈琅琊刻石〉中宣揚：宇宙之內，都是皇帝的國土，西海流沙，南盡北戶，東有東海，北過大廈（即晉陽、今山西太原西南），凡是有人的地方，都是皇帝的臣民。刻石銘文的形式模仿雅頌，都是四言韻句，多以三句為一韻，其語言「質而能壯」。銘文的篆書藝術也受到後人的推崇。元代郝經在〈太平頂讀秦碑〉詩中盛譽李斯的刻石書法：「拳如釵股直如箸，屈鐵碾玉秀且奇。千年瘦勁益飛動，回視諸家肥更癡。」李斯的奏章、刻石文多是應制之作，對秦始皇歌功頌德不遺餘力，雖然文學價值不高，但文章多用對偶句，文辭修飾整齊，音節和諧流暢，對後世的駢儷文、散文賦的形成有一定影響。

秦始皇對李斯信任有加，不僅採用他的計謀方略，而且還將公主嫁給了他的兒子，讓公子娶了他的女兒，與李斯結成了兒女親家。李斯一時權傾朝野。李斯的長子李由做三川郡（今河南西部，治所在今洛陽東北）守，有一次從任所回咸陽探親，李斯便在家中大設酒宴，朝廷百官都去慶賀，門前的車馬數以千計，盛極一時。李斯眼見此景，想到往昔窮困潦倒，感慨萬千。他知道人生變幻無常，擔心富貴不能長久，憂心忡忡地說：「我聽荀子說過，『事情最忌諱好過了頭』，我本來是一個普通百姓，竟做了丞相，可以說富貴到了頂點！但是，物極必反，盛極則衰，我自己會落個什麼結局呢？」李斯對自己前途茫然莫測的這種矛盾心理，使得他在社會地位「富貴已極」的時候，竭力追求保住自己既得的利益，至於國家的安危、人民的死活早置於腦後。

公元前二一〇年，李斯隨同秦始皇出巡到沙丘（今河北平鄉東北）時，秦始皇突然病逝。同行的中車府令（掌管皇帝車馬的官）兼符璽令（掌管皇帝印璽的官）趙高是個十足的野心家與陰謀家，他一面策動始皇第十八子胡亥趁機奪取帝位，一面勸誘李斯與之合謀。因為在當時的朝廷內部，李斯是最有力量來揭露趙高、粉碎陰謀的人。趙高十分清楚李斯的弱點，便用高官厚祿引誘他，說：「如果你照我的話辦，立胡亥為太子，你就會永遠封侯，否則就要禍及子孫。希望你早拿主意，轉禍為福。」對李斯軟硬兼施，威逼利誘。李斯明知此舉有負皇恩，有背天理，有害國家，但為了保護自己既得的富貴功名，最終還是向趙高妥協，參與了「沙丘之變」。今保留下來的〈論督責〉一文，就是李斯為了個人全身避禍而給秦二世上的一份奏章。文章迎合秦二世的殘暴和貪欲，為其維護統治而獻計獻策，是秦朝實施暴政的一份難得的自供狀。語言陰鷙峭刻，與其內容相一致。

秦二世執政後，聽從趙高之言，先是逼死了兄長扶蘇，殺害了將軍蒙恬，並清除一切能察覺他們篡奪皇位的人，對這些人進行血腥鎮壓，連坐者不計其數。就連秦始皇的十二個皇子、公主也難以倖免，搞得宗室震怒，群臣人人自危，眾叛親離。隨後，秦二世繼續推行虐民政策，甚至比秦始皇有過之而無不及。秦二世昏庸無比，趙高助紂為虐，李斯曲意協從，在他們的統治下，上層貴族奢侈無度，老百姓勞役、賦稅沉重無邊，階級矛盾日益尖銳。全國像一堆乾薪，只要有一顆火星便會燃成熊熊大火。終於，在秦二世執政還不到一年的時候，爆發了陳勝、吳廣領導的農民起義。

李斯對動盪的時局深感不安。他曾多次進諫，都被秦二世拒絕，秦二世更把吳廣攻打三川郡，李斯之子李由不能抵禦的責任，歸咎於李斯，並責備李斯身為丞相，為什麼讓起義軍如此「猖狂」。趙高又趁機編造了許多李由勾結陳勝反叛的罪狀，以此陷害李斯，並說：「丞相在外邊，權力比陛下還要大，他羽翼豐滿，就可以殺君謀反了！」秦二世信以為真，立即把李斯逮捕入獄。

李斯非常氣憤，又無法面見秦二世，便上書揭發趙高罪行。文中述說趙高弄權，陷害忠良，指出趙高才真正具有奸邪之心，叛逆之行，如不及時防範，趙高終會作亂。同時也陳述了自己追隨秦始皇三十多年立下的功績，表明自己忠心耿耿，決無反意。但李斯的上書，落到了趙高的手裡，趙高罵道：「囚犯哪能上書！」便把李斯的上書扔在了一邊。

李斯被趙高私下嚴刑拷打，百般折磨，他忍受不了如此的痛苦，只好「供認」了「謀反」的罪行。為了不使李斯翻供，趙高派人裝成秦二世的使者，對李斯進行輪番審訊。李斯不知使者是假，便訴說真情，結果又是遭到一頓毒打。經過十餘次這樣的審訊，李斯被打得死去活來，哪裡還敢說真話！等到秦二世真的派人去複審時，李斯不敢再申辯了，結果屈打成招，承認謀反，被判處死刑。

公元前二〇八年初冬，北風呼嘯，寒氣逼人。劊子手們把李斯押赴刑場。李斯走出監獄的時候，仰天長嘆，回頭對一同被押解的二兒子說：「我不該離開家鄉來秦國謀這份富貴，現在我真想和你再牽著黃狗，一同出上蔡東門去追逐狡兔，還能辦得到嗎？」說罷，父子兩人相對痛哭。隨後，李斯在咸陽街頭被處以腰斬，依照秦法，他的全家老小也全被殺害。

李斯雖然死得冤枉，令人痛惜。但是，他從布衣到丞相又到死囚的人生歷程，也給後人留下了深刻的思考。李斯作為一名政治家，在中國歷史上起到了推動歷史進步的重要作用；作為一名文學家，對秦代文學有著特殊的貢獻，他的作品幾乎成了秦代文學的代名詞；而他那為追求爵位俸祿而喪失氣節、為保全私利而喪失尊嚴的人品，則是造成他人生悲劇的根本原因所在。

秦代文學代表作：〈諫逐客書〉

李斯作品保留至今的有政論散文〈諫逐客書〉、〈論督責〉、〈焚書奏〉以及一些銘文。其中〈諫逐客書〉可稱得上是秦代散文的上乘佳作。這是一篇富於文采、趨向駢偶化的政論散文。

秦王政初年，秦用韓國水工鄭國築渠，鄭國計劃溝通涇水與洛水間的大運河，以耗費秦國的人力、物力和財力，牽制秦國進攻韓國。工程未完，鄭國的目的即被察覺。秦王政九年（公元前二三八年），秦國又發生了丞相呂不韋操縱下的嫪毒叛亂，而參加叛亂者及呂不韋的門客多為六國入秦的客卿。由於秦滅六國已是大勢所趨，入秦效力的客卿逐漸增多，影響了秦國宗室貴族的利益，於是，秦國的宗室大臣們藉機對秦王說：「諸侯各國來侍奉秦國的人，大都不過是為他們的國君來秦國遊說，挑撥離間罷了！懇請大王把諸侯各國來的賓客們一律驅逐出境。」秦王果然下達了逐客令。李斯是楚國人，時為秦國的客卿，也在被逐之列，臨走時，李斯憤然向秦王呈交了〈諫逐客書〉。文中這樣說：

「我聽說官吏們在商議驅逐客卿，我認為這是錯誤的！從前秦穆公尋求人才，西邊從西戎得到了由餘，東邊從宛地得到了百里奚，從宋國迎來蹇叔，從晉國得到了丕豹、公孫支，這五個人都不是出生在秦國的，但是穆公依靠他們，兼併了二十個小國，才稱霸西戎。孝公採用商鞅的新法，移風易俗，百姓因此而富足，國家因此而富強，百姓樂於為國家效力，諸侯國對秦國也親近歸服，先後打敗了楚國、魏國的軍隊，攻占了千里的土地，至今安定強盛。惠王採用了張儀的計謀，攻下了三川的土地，西部併吞巴、蜀，北部收服上郡，南部攻取漢中，包圍東夷各部，控制鄢、郢一帶，向東占據成皋險關，取得了肥沃的土地，結果瓦解了六國的合縱聯盟，使各國爭著向西侍奉秦國，功業延續至今。昭王以范雎為丞相，罷免了穰侯魏冉，驅逐了華陽君華戎，加強了王室權力，堵塞了權貴的私門，好像蠶吃桑葉一樣逐漸吞并諸侯，最終使秦國成就了帝業。這四位君主，事業有成，都憑藉了客卿。由此看來，客卿有什麼對不起秦國的呢？假使這四位君主拒絕客卿而不接納他們，疏遠賢士而不任用他們，那就會使國家沒有雄厚的實力，而秦國也不會有強盛的威名了。」

「如今陛下得到了崑崙山的美玉、隨侯的明珠、卞和的寶玉，懸掛明月珠，佩帶太阿劍，騎著纖離馬，樹立翠鳳旗，擺設靈鼉鼓。這些珍寶，一樣都不是秦國產的，而陛下卻喜歡它們，為什麼呢？如果一定要是秦國產的然後才可以用，那麼這種夜光明珠就不能用來裝飾朝廷；犀角和象牙器物就不能成為玩物；鄭國、衛國的美女就不能充滿後宮；駿馬也就不能充實於馬廄；江南的金錫不能被使用；西蜀的丹青不能用做色彩。如果用來裝飾後宮的珠寶、充滿堂下的美女、悅人耳目的東西，一定要秦國出產的才可以使用，那麼這些嵌著宛珠的簪子、鑲著璣珠的耳環、東阿白絹做成的衣服、錦緞繡成的飾物就不能進獻到您面前，而且打扮入時、優雅、姿容美好、身材窈窕的趙國女子就不能侍立在您身邊了。擊甕、敲缶、彈箏、拍腿，嗚嗚地歌唱呼喊來娛人耳目，這是地道的秦國音樂，鄭、衛之地的樂曲，舜時的韶虞，周時的武象，這些都是異國音樂。如今拋棄擊甕敲缶，而聽鄭國、衛國的音樂，取消彈箏而選取韶虞的古曲，這樣做是為什麼呢？為了眼前的快樂，適合觀賞罷了。而現在用人就不是這樣了，不問是否可以，不論是非曲直，不是秦國的人都得離去，做客卿的都要被驅逐。既然這樣，那麼您所看重的就是女色、音樂、珍珠、寶玉，您所輕視的就是人才了。這不是統一天下、征服諸侯的辦法啊。驅逐客卿必然在客觀上幫助敵國，這樣做要想求得國家沒有危險，是不可能的啊。」

〈諫逐客書〉一開頭就開門見山地亮出逐客是錯誤的這一論點，使人馬上引起震動，立即清楚本文的根本宗旨。接下來才有層次地論證、說明逐客為什麼是錯的，錯在何處，錯的程度。

作者善於學習戰國縱橫家的論辯方法，首先採取了比較有力的駁論方法——以大量確鑿的史實來說明現實問題。他列舉了四位秦國先王任用客卿而強國的歷史事實，說明客卿有大功於秦，而秦國的先王接納客卿也是英明之舉。如果當年四位先王也同今日一樣實行逐客，那麼肯定不會有秦國今日國強民富的局面，但是秦國的先王並沒有那樣做，今日的逐客與先王的英明決策背道而馳，其錯誤的性質已是不言而喻了。

文章至此似乎意盡，作者卻把筆鋒一轉，從回顧歷史轉到眼前的現實中來。眼前的現實是秦王要逐客，作者本來意在說明今日逐客是不對的，但他先避開這一正面交鋒，而是先歷數現在君王所賞玩的寶物、所喜歡的宮女、所願聽的音樂等等，皆不產生於秦，那麼「非秦不用」的論點便不攻自破，以子之矛攻子之盾，深刻有力。

文章先援引史實，然後取譬於現實；先以人事說理，然後再以物喻論事，層層推進，步步深入。最後又以用不用客卿兩種結果作結，指出逐客是幫助敵對之國，使秦國內憂外困、危機四伏，把逐客的危害分析得十分透徹，不能不使秦王為自己的逐客錯誤而出一身冷汗。

此文所選用的論據，或人或物都很典型，極有說服力。敘述史實，辭約意豐，有高度的概括力。描寫事物，形象生動，文采飛揚。行文多排比句，使用了反詰的語氣，既有力又含蓄，有一股不可遏止的氣勢。全文章法整飭而富有變化，首尾呼應，條理清晰，確實是一篇好文章，不僅在秦漢，就是在整個中國古代，也算一篇難得的散文佳品。

秦王讀後，為文章充足的理由、充沛的氣勢所打動，心悅誠服，當即收回逐客的成命，恢復了李斯的官職，從此，李斯成了秦王最信賴的人。

文化大劫難：焚書坑儒

秦始皇統一中國後，雷厲風行地推行了一系列改革，促進了中國社會的飛速發展與中國封建中央集權制的建立。但秦始皇不體恤民情，以嚴刑酷法治理國家，不考慮老百姓休養生息，修長城，建驪山墓，蓋阿房宮，苛稅勞役，使天下百姓怨聲載道。在文化界，又搞了一場「焚書坑儒」的慘案，使中國文化的發展受到莫大的摧殘，給中國歷史寫下了最黑暗、最悲慘的一頁，這是秦始皇暴政在文化方面的集中體現。

秦始皇在推行新政時，就有些文人引經據典地對新政評頭論足。隨著反對秦王朝暴政情緒在全國的高漲，文人們反對現行政體的意識也越來越強。秦始皇也意識到了這一點，很想把說三道四的人懲治一下，但一時不知如何下手才好。

公元前二一三年的一天，躊躇滿志的秦始皇在咸陽宮中大擺宴席。宴會後，在李斯的建議下，秦始皇就在全國推行「焚書令」與挾書律，「焚書令」規定：「非博士官所職，天下敢有藏《詩》、《書》、百家語者，悉詣守、尉雜燒之。有敢偶語《詩》、《書》者棄市。以古非今者族。」此令出後，全國開始了大規模的焚書運動。秦都城咸陽收起的書堆積如山，熊熊烈火燒了幾十天。有許多珍貴的書籍、史料都因這次焚書而永遠地失傳了。幸虧孔子的後代冒著殺頭的危險，將一部分儒家經典藏入孔府的牆壁中，古籍總算保存了一部分，這部分古籍成了漢代古文經學派的理論依據，因而引發了長期的今古文經學之爭。

秦始皇焚書本意是貫徹統一全國的思想，推行愚民統治。然而這聞所未聞的暴行，遭到了朝野上下的紛紛反對，曾經給秦始皇求神仙藥的侯生和盧生，看到秦始皇為所欲為，連祖宗留下的典籍都敢毀掉，擔心自己有一天事敗身亡，也大罵起秦始皇來：「秦始皇剛愎自用，以為自古以來，誰也比不上他，任意胡作非為。他還以刑殺來威脅天下人民。朝中有博士七十人，他也不好好待他們。這樣的人，誰願意為他求仙藥，讓他早早去死吧！」兩人大罵完秦始皇後就逃走了。

有人把這事報告了秦始皇，秦始皇大怒說：「這還了得！徐福花了我那麼多錢，沒有給我找回一點長生不老藥，無影無蹤了。侯生、盧生，我給了他們許多賞賜，沒有找回藥，還要誹謗我。」他即刻下令：追殺盧生和侯生，查出參與誹謗朝廷的儒生。

御史大夫按秦始皇的旨意傳訊儒生，最後，四百六十個儒生被認為是不滿朝廷的人。按照秦始皇的旨意，這些儒生在咸陽被挖坑活埋了。

秦始皇「焚書坑儒」後，人們更加痛恨他，連他的一些大臣也和他離心離德，他真正成了孤家寡人。他的長子扶蘇也對他說：「天下初定，遠方黔首未集，諸生皆誦法孔子，今上皆重法繩之，臣恐天下不安。唯上察之。」秦始皇根本不聽這些話，他索性把扶蘇打發到遠離都城的上郡（今榆林東南部）去了。

「焚書坑儒」是秦始皇統一全國後實行殘酷統治的一個重要組成部分。這位「千古一帝」統一全國後，為了防止各地反秦，「收天下兵，聚之咸陽」，為鞏固封建統一國家採取了有力的措施。而這些，他覺得還不足以穩固自己的皇帝寶座，他在意識形態領域上也採取暴烈的行動，以殘酷的燒殺政策，來達到他企圖消滅一切反秦意識的目的。這就是他「焚書坑儒」的實質。

「焚書坑儒」的結果適得其反，從此後秦始皇人心盡失，反抗暴秦的意識更加深入人心。「焚書坑儒」也確實是中國文化的一場大劫難，不僅使大量古代文獻，特別是春秋戰國時的大量文史著作失傳，也使得秦代文人噤若寒蟬，不敢操翰，使秦代文學田園一派荒蕪，造成秦代幾乎無作家、幾乎無作品的悲慘局面。「焚書坑儒」不僅是秦代文學乃至秦代文化的災難，也是中國文學乃至中國文化的災難。

屠門高憤然奏琴諷秦王

秦代詩歌的園地一派荒蕪，只點綴著幾朵慘淡的「小花」。這稀有的幾朵「小花」中，就有一首叫作〈琴引〉的詩歌，據傳是秦時的藝人屠門高因不滿秦始皇大興宮殿、遍採天下美女而作的。

秦始皇三十五年（公元前二一二年），秦始皇對已有的宮殿還不滿足。他嫌這些宮殿小，還要營造一所更大的帝王之宮。宮殿地址選在渭南上林苑中，前殿取名叫阿房。據記載，僅這個前殿就「東西長五百步，南北五十丈」，殿上可坐上萬人，殿前可樹五丈高的大旗。周圍架設閣道，從前殿直通終南山，並在終南山的山頂上建造宮闕。還造了複道，從阿房一直通過渭水，和咸陽的其他宮殿連接。

為了建造這座特大的宮殿和修驪山墓，秦始皇從全國各地徵來民工七十多萬人。建這些宮殿需大量的木材，於是四川的幾座大山被砍伐成了光山禿嶺。

阿房宮建起來以後，秦始皇派人繼續在各地徵選美女以充後宮。他還派人在各地蒐羅藝人，為他尋歡作樂效力。

有一次，秦始皇在阿房宮欣賞了美女的歌舞後，意猶未盡地說：「朕要聽琴，可有彈得好的？」

話音剛落，只見車府令趙高起身對秦始皇說：「啟奏陛下，咸陽城中有一藝人叫屠門高，此人彈得好琴曲。」

秦始皇說：「可召來彈與朕。」

屠門高原來就是秦宮中備用的藝人，但他還從未進過阿房宮。他跟著朝廷的差人走進阿房，只見五步一座樓，十步一座閣，屋簷上雕龍繪鳳，長廊曲折迷離，架設在空中的複道油彩斑斕，像道道彩虹。樓閣排列得像蜂房那樣多，每所樓閣中都有成群結隊的美豔女子。屠門高想起和自己相戀的一位麗人，一年前也被強徵宮中，她被拉走時那淒楚的哭聲，彷彿又在他的耳邊響起……

屠門高隨差人進了一所宮門，只見宮內美女雲集，約有千人。秦始皇高居台上，幾位美人正服侍他飲酒。

差人帶屠門高給秦始皇跪拜完畢，趙高說：「聽說你琴曲奏得好，陛下要聽你彈奏。」

屠門高坐在琴邊，思緒萬千。他想起了荊軻，他敬佩荊軻刺殺秦王的壯烈，但可惜他沒有刀劍。他又想起了荊軻的好友高漸離，秦王把高漸離的兩眼弄瞎後，又讓其擊筑。高漸離把鉛塊放在築中，舉築擊打秦王，秦王沒有被擊中，高漸離最後也被這位暴君活活整死。面前的這位暴君，現在為了自己一人的淫樂，把上千名妙齡少女禁錮在這裡，吞噬著她們的青春。他的手上曾沾滿了千萬人的血，現在又充當著一個殺人不見血的魔鬼角色……想到這些，屠門高憤然地彈起琴來，琴聲激越，充滿了憤怒與仇恨。不一會兒，竟把琴弦彈斷，琴柱折斷。秦始皇命人給屠門高又換了一隻琴，屠門高情緒激昂，一邊彈，一邊情不自禁地唱起了〈琴引〉之歌。

唱詞藉憐惜美人歌舞嬌態，反映了後宮女子幽愁怨曠之情；藉對美人衣著妝飾的描述，表達了作者對秦始皇驕奢淫逸、暴虐統治的憤恨。

屠門高的〈琴引〉，反映了秦始皇遍採天下美女的暴政的現實，對秦始皇「安危亡於旦夕，肆嗜欲於目前」的行為，進行了辛辣的諷刺。由於屠門高的〈琴引〉含蓄委婉，所以也有人認為是屠門高作〈琴引〉以勸諫秦始皇。但從〈琴引〉的言辭看，絕非是諫辭，而是綿裡藏針，內含鋒芒。正因為含蓄委婉，秦始皇才一時聽不出辭中的憤恨與諷刺，從而避免了作者的殺身之禍。

孟姜女哭長城的傳說

萬里長城是秦代人民智慧的結晶，鞏固了以漢族為主的統一的多民族國家的政權，但同時也給秦代人民帶來了莫大的災難。秦始皇決定修長城的原因，據傳是因燕人盧生等奉秦始皇之命赴東海尋訪仙山時，帶回一本哄騙秦始皇的「仙書」，書中都是像蝌蚪一樣的「字」，秦始皇召滿朝文武辨認後，認出幾個字，其中有「亡秦者胡也」，秦始皇想來想去也沒有想到「胡」是指其幼子胡亥，而把「胡」理解為胡人，於是就北築長城，以防胡人之侵。

秦時全國人口約為兩千萬，修長城動用了五十萬人，加上造驪山墓和修建阿房宮，勞役在人口中的比例是相當大的，人民是很難承受的。

在江南松江府華亭縣，有一個孟家莊，莊上有一富戶孟德隆，他有個獨生女兒，名字叫孟姜女。孟德隆十分喜愛女兒，視為掌上明珠。他為她請來先生教她從小就讀書寫字。孟姜女十分聰慧好學，心靈手巧，無論是女紅針錢，還是經史詩文，一學便會。

孟姜女長到十六七歲時，出落得豔如桃花，孟德隆夫婦都盼望能給女兒找門好親事。一天傍晚，月明星稀，孟姜女獨自一人來到後花園在荷花池邊賞月，忽然一陣清風把她手裡心愛的扇子吹下蓮池。孟姜女急忙脫下衣衫游入水中。她取回扇子，穿好衣服後，看到樹後有一位公子正躲身偷看。

孟姜女怒說：「這位公子，黑天半夜私入人家花園幹什麼！」公子閃身出來作揖說：「小姐千萬不要見怪，容我相告實情。」

原來這位公子叫范喜良，他是蘇州府元和縣人，為躲避修長城的勞役而逃到這裡。白天怕被公人撞見，所以藏身於孟家後花園。

孟姜女聽了他的一席話，覺得句句入理，又見他生得眉清目秀、英俊瀟灑，加上她剛才下池時身子都被他瞧見了，孟姜女便帶他稟明父母，並情願與他結為夫妻。父母也正想招一個上門女婿，看到范喜良也是個知書達理的人，便定了親。

於是擇吉日良辰，孟德隆為他們二人舉行了婚禮。孟家請了一些親友，備了幾桌酒席，熱鬧了半日。夜晚，客人離去，孟姜女夫婦剛剛入洞房後不久，就看到外面火把通明，有人朝屋裡大喊：「范喜良，我看你往哪裡走！」

一夥如狼似虎的公差闖入洞房，不容分說，把新郎范喜良綁走了。一對新婚夫婦就這樣被拆散了。孟德隆多方打聽，得知范喜良被送到北方修長城去了。孟德隆心裡難受，更可憐的是心愛的女兒孟姜女自從范喜良被抓走後，日思夜想，常常哭哭啼啼，茶飯無心，雲鬢不理。

孟德隆見女兒如此思夫，便派家人孟興帶著書信銀兩去長城探望范喜良。孟興出了華亭縣後，天氣已晚，便在一家店裡住下了，這家店是一家暗娼店，孟興經不起引誘，便在店裡和一位蘇州來的叫楊花的年輕寡婦合房了。第二天，孟興算了店錢要走，被楊花攔住，孟興說：「花娘，不是我薄情，只因我奉主人之命，要到長城探視姑爺，不敢久延，等我探視回來，在此多住就是了。」楊花好不容易才放他走了。

孟興歷經長途跋涉，到了長城後，各處打聽，最後在山海關才打聽到范喜良早已因勞累過度而病死，屍體也埋到長城裡了。

孟興得知范喜良的死訊後，立即返回。路上他暗想：「姑爺已死，我若實情相告，小姐必然性命難保，小姐若有個三長兩短，老爺夫人也不久於人世了。不如回去就說姑爺生病，老爺一定會多給我些銀兩，我就在楊花家中，與她過上一年半載……」

孟興想定主意後，回來告訴老爺夫人說：「姑爺在長城生了病，不能修城，小的給當頭的使了錢，讓照顧姑爺。」

孟姜女聽說孟興回來了，急忙去問孟興：「姑爺在長城如何？長城何時完工？」孟興又把回老爺的話說了一遍。孟姜女又問：「姑爺可有書信？」孟興說：「姑爺病倒，哪有氣力去寫信！只是叫小人多送些錢去，還要兩套寒衣過冬。」

孟姜女對她爹爹說：「我丈夫在長城生大病，沒有衣服，沒有錢，必然傷身，我要去送寒衣給他好過冬。」孟德隆說：「女兒你去不得！孟興是飛毛腿，回來還得兩個多月，你坐車去也得半年多，你丈夫沒錢沒衣服可不行！不如再讓孟興去吧！」

孟姜女把寒衣交給孟興。孟興帶著衣服和銀兩徑直去找楊花去了。

後來，孟興嫖娼的消息傳出，孟家這才知道受騙。可憐孟姜女思夫心切，毅然辭別爹娘去尋丈夫。她歷盡千辛萬苦來到了長城邊，但她得到的卻是范喜良的死訊。

孟姜女手拍著長城大聲哭喊著自己的丈夫。她哭得天上三光暗，她哭得地下起悲風，她哭得行人都落淚，她哭得樹上鳥哀鳴。孟姜女哭了很久，忽然「轟隆」一聲，長城倒塌了一截，城牆下露出了范喜良的屍身。孟姜女過去為丈夫穿好她帶來的寒衣，哭罵著害死她丈夫的秦始皇。後來，她悲憤地投河自盡。

歷史上並沒有孟姜女其人其事，這個動人的故事是後人虛構的，但它反映了秦始皇時人民深受徭役之苦的歷史事實，它是當時千千萬萬個不幸家庭的縮影，「不見長城下，屍骸相支拄？」死於長城下的築工，何止一個「范喜良」？孟姜女的故事也許是受秦時那首民歌的啟發而編成的，而那首民歌確是用血淚凝成的，我們今日面對萬里長城這一人類奇蹟，不難想象到昔日先人們為之而做出的犧牲。

楚霸王項羽的垓下絕唱

項籍（公元前二三二—公元前二〇二年），字羽，下相（今江蘇宿遷縣西）人。秦二世元年（公元前二〇九年），陳涉起義，項羽和他的叔父項梁在吳（今江蘇蘇州）起兵響應。項梁戰死後，公元前二〇七年，秦軍二十萬人在大將章邯的率領下攻打趙國。楚懷王任命宋義為上將軍，任命項羽為次將軍，率軍援救趙國。宋義到安陽（今屬河南省）後就按兵不動，項羽殺死宋義，親自率大軍渡漳水救趙，他破釜沉舟，在鉅鹿之戰中摧毀了秦軍主力。此後，他率軍西入咸陽，殺秦王子嬰，自立為西楚霸王，並封劉邦為漢王。劉邦後來逐漸擴展自己的勢力，占領了項羽的根據地彭城（今江蘇徐州），並聯合其他反項羽勢力，和項羽在滎陽、成臯間相持。公元前二〇三年，雙方簽約，以鴻溝為界，東屬楚，西屬漢。

公元前二〇二年，劉邦聽從張良、陳平的主張，撕毀和約，又以封地相許，聯合了韓信和彭越。這年十二月，韓信布下十面埋伏，把項羽困於垓下。

項羽率楚軍進行了激烈的戰鬥，但十多天來始終不能突出重圍，他只好吩咐將士們堅守大營，伺機再突圍。

一天晚上，項羽拖著疲憊的身體，心事重重地回到營房，屋內寵姬虞早已為他備好酒菜，項羽看著美麗的虞姬，卻嘆了一口氣。虞姬仍像往常一樣，用纖纖細手把一杯杯美酒斟滿送到項羽唇邊，她還不時起身為他歌舞。

虞姬知道項羽寵愛她，她也十分愛慕項羽。在連年的征戰中，她一直陪伴著項羽，而今在這生死攸關的危急之時，她更不願意離開他。她要安慰他，照顧他，為他分一份憂愁。

二人飲酒到半夜時分，剛去歇息不久，忽然聽到外面傳來陣陣楚國人的歌聲。不一會兒，唱楚歌的人越來越多，四面八方好像都有許多人在唱。

項羽披衣起來，走出營房，隱約看見楚營中許多人紛紛溜走。原來這些人早就思念自己的家鄉，思念家鄉的親人。聽到家鄉的歌聲，再看看眼前被重重圍困、缺糧斷草的情景，他們就更不想再戰鬥了。項羽深為驚恐，心想：難道漢軍已俘虜了我大批的楚兵？不然為什麼唱楚歌的人這麼多？

其實，這是張良故意讓漢軍中會唱楚歌的人教會了大家，他們為的就是動搖楚營軍心。

項羽回到營房，再次看著自己的虞姬。這個一向叱吒風雲的英雄頓時束手無策。他預感到自己大勢已去，不由得浮想聯翩，思緒萬千。幾年來的征戰，勝利與失敗像是就在昨天；轟轟烈烈的事業、顯赫的霸主地位，如過眼煙雲一般即將消散。他悔恨天時不利，他覺得無可奈何。在這兵盡糧絕、即將全軍覆沒之時，他對自己的性命已經看得很淡，他只是捨不得丟下和他生死相依、夜夜相伴的絕代美女虞姬，但殘酷的現實將使他不得不和她生離死別。他心情極度煩亂與哀傷，在點點星光下，抽出寶劍邊舞邊歌，唱道：

力拔山兮氣蓋世，時不利兮騅不逝。
騅不逝兮可奈何，虞兮虞兮奈若何！

此歌首句有雷霆萬鈞之勢。項羽力能扛鼎，神勇過人，破秦軍，斬宋義，令千人皆廢。然而，如今時運不好，連日行千里的駿馬也不能衝出重圍。駿馬不前已無奈，可是心愛的美人虞姬又該如何安排？後三句有無限的悲傷蒼涼，與首句形成強烈對比，更突出了英雄末路的悲哀。

虞姬深明詩意，霸王是放心不下她啊！於是也舞著劍唱道：

漢兵已略地，四方楚歌聲。
大王意氣盡，賤妾何聊生！

歌詞反映出虞姬的無可奈何之情以及願與項羽共生死的決心。歌舞畢，她便舉劍自刎，倒在了血泊中。戰場上，項羽是何等的英雄，此時他抱起流著殷紅鮮血的虞姬，淚流滿面，英雄有淚不輕彈，他今天如此落淚，不光為了虞姬，也為了自己痛失天下。他把虞姬掩埋在營房前面的一株垂柳下。然後跨上他的烏騅駿馬，率領他的剩餘子弟兵，衝殺了出去。由於夜裡看不清道路，天亮時項羽只跑到東城（今安徽定遠南），追殺的數千漢軍也已趕上他們。項羽清點自己的兵士，只剩下二十八人。項羽對他們說：「我起兵至今，已經八年了，身經七十多次大仗，從沒有打過敗仗，才當了天下霸主。今天被圍困，這是老天要亡我。現在我要為你們痛痛快快地打一仗，讓你們突圍。我要斬他們的將領，砍他們的軍旗，讓你們知道這是天亡我，不是因為我不會打勝仗。」

說完後，他把二十八人分成四隊，讓大家分四股突圍。項羽大聲叫喊著，揮舞著手中的武器殺了不少漢軍。他們終於突出了重圍，來到烏江邊。烏江亭長劃來一條小船，他對項羽說：「江東地方雖然小，只有一千多里，幾十萬人，但是您可以去那裡做王。請大王趕快上船吧！現在這裡只有我這一條船，漢軍來了，他們沒有船。」項羽聽罷，仰天大笑說：「老天亡我，我渡過河有什麼用！原來江東的八千子弟隨我渡江，往西去打天下，而今沒有一人回來。縱然江東父兄可憐我，讓我當他們的大王，可我有何顏面再去見他們！即使他們不怪我，我也感到羞愧！」

他又對亭長說：「我騎這匹馬有五年了，曾經日行千里，隨我轉戰南北，我不忍殺它，送給你吧！」

項羽把馬交給了烏江亭長後，他和剩下的子弟兵步行和漢軍作戰，子弟兵都一個個地倒下了，最後只剩下了項羽。而項羽也身受了十幾處傷。這時候，漢將呂馬童騎馬過來了，項羽說：「這不是熟人嗎？」呂馬童點點頭，對漢將王翳說：「這就是項王。」項羽說：「我聽說漢王出千金、封萬戶買我的人頭，今日我把這個好處給了你吧！」說完，項羽自刎而死。項羽雖然失敗了，但他死得轟轟烈烈，後人也不以成敗論英雄，總把他當作英雄豪傑的典範，如宋代李清照有〈烏江〉一詩為讚：

生當作人傑，死亦為鬼雄。
至今思項羽，不肯過江東。

項羽是一個神勇的英雄，也是一個多情的英雄，他的〈垓下歌〉，蘊涵著對虞姬刻骨的摯愛。在這位英雄身上，氣壯山河的勇猛與纏綿悱惻的柔情是和諧統一的；在〈垓下歌〉中，慷慨激越與哀怨嘆息又是融為一體的。這首詩歌，使這位一生縱橫馳騁戰場的英雄，在詩歌史上留下了自己的地位，一出「霸王別姬」的悲劇，給後人留下了許多深刻的思考。

漢高祖豪情歌「大風」

〈大風歌〉是漢代開國皇帝劉邦的即興創作，作品起勢突兀，概括力強，富有陽剛之氣。

劉邦的建功立業，是有賴於那個「大風起兮雲飛揚」的年代的。劉邦（公元前二五六—公元前一九五年），字季，沛豐邑（今江蘇沛縣東）人。青年時生活放蕩，不事生產，曾在泗水當亭長（古代一般十里為一亭，十亭合為一鄉）。秦朝末年，劉邦以亭長身份，受命為縣里送一些勞役去驪山修造大墓。一路上，這些做苦役的逃走了許多。劉邦想，等不到去驪山，這些勞役就都跑光了，自己輕則吃官司，重則掉腦袋。為此，他每日憂心如焚。

一天傍晚，他們走到豐邑西面的水邊上歇息。劉邦心情愁悶，獨自飲酒消愁。深夜，劉邦走到被他押解的人們面前，趁著酒興，他上前給這些人解開了繩索，對他們說：「唉！

聽說驪山修墓的活兒能把人累死，讓你們去送死，我真是於心不忍啊！今天我索性都放了你們，你們快各自逃命去吧！從今天起，咱們都一樣了，我也要逃了！」

劉邦說完後，有十幾個人擁到他面前說：「我們感謝亭長的救命大恩！我們願意和你在一起！我們一塊兒逃跑吧！」劉邦握著他們的手說：「好！好！」他同大家一起飲了一杯酒，連夜趕路。

那天夜裡沒有月亮，十幾個人在星光下，深一腳淺一腳地摸黑向前，走著走著，卻走進了沼澤裡，弄得滿身都是泥水。他們費了好大的力氣，才退出沼澤地。

劉邦吩咐其中一人先去前面探路，探路的人不一會兒就氣喘吁吁地跑回來說：「前面不遠就有一條路，可是路上橫臥著一條大蛇。」大家都說：「我們還是返回去再找路吧！」

劉邦醉眼惺忪，高聲說：「大丈夫該走便走，一條蛇有什麼可怕的！」他大步流星走在最前面。走到小路邊，路上果然有一條碗口粗細的大蛇，劉邦毫不畏懼，跨步向前，抽出寶劍「嘩啦」一聲砍下去，蛇被分為兩段。大夥齊聲高叫：「好功夫！」其實，當時身上有武器的只有劉邦一人。劉邦和這十幾個人一直逃到了芒碭山（今江蘇省）中躲藏了起來。

後來，劉邦夜間殺蛇的故事逐漸傳開，而且添油加醋地越傳越神。說是那天夜間殺蛇後，他們走了一程，忽然遇到道旁有一老婆婆在哭，大夥兒走到老婆婆身邊問：「深更半夜，您老人家為什麼哭泣？」老婆婆說：「有人剛剛殺了我的兒子，所以我哭他。」大家又問：「剛才是誰殺了您的兒子？」老婆婆哭著說：「我的兒子是白帝子，剛才化為蛇擋了路，被赤帝子殺了。」老婆婆說完，大夥兒剛要再問什麼，但老婆婆已倏忽不見了。

人們紛紛傳說：世上又出了「真龍天子」，就是沛縣的劉邦。還說：白蛇就是秦朝天子，白蛇被殺，秦朝氣數已盡了。還有人傳說，劉邦藏身的芒碭山上，出現了一層層的祥雲，這些都是天子的徵兆。

這些都使劉邦這個人逐漸罩上了一層神奇的色彩，劉邦也就是利用這些傳來傳去、越編越神奇的迷信故事，把人們組織到自己的周圍。陳涉起義後，劉邦回到沛縣，人們尊稱他為「沛公」，他也宣稱自己是「赤帝子」，正式樹起大旗，招兵募將，勢力日益擴大。秦王朝滅亡後，公元前二〇六年，劉邦被項羽封為漢王。公元前二〇二年，劉邦軍大敗項羽於垓下，項羽自刎烏江，劉邦稱帝。起初建都洛陽，後又遷至長安。

劉邦建立漢朝，繼承秦制，實行中央集權制，先後消滅了韓信、彭越等異姓諸侯王。公元前一九五年，劉邦在會垂打敗了反叛的淮南王英布，在得勝返回長安的路上，回了一趟他的故鄉沛縣。

劉邦的坐騎在眾兵將的前呼後擁下，來到了沛縣的地界，沛縣縣令等人早已在此迎候。

縣令率眾人在馬下匍匐，山呼萬歲。穿著彩色裙裾的窈窕美女，在路邊跳起了歡慶勝利、祝福君王萬壽無疆的舞蹈。沛縣的百姓也來到道路兩旁迎接他，大家都想一睹這位當今天子衣錦還鄉的風采。

劉邦高興地在他的沛縣行宮大擺宴席十多天。他把當地的官吏、昔日的尊長、兒時的朋友、家族的親戚，都召來款待。

一天，劉邦和親友們暢飲了一陣後，回想過去，談論現在和將來，激動不已，感慨萬端，不禁詩興大發，吟唱道：

大風起兮雲飛揚，威加海內兮歸故鄉。安得猛士兮守四方？

首句既是自然景物描寫，又有深刻寓意。秦失其政，如失其鹿，天下逐之，一時各路英雄興起，如風起雲湧。劉邦知人善任，注意納諫，依靠部下，由弱變強，最終在群雄競逐中奪得天下。每想到風雲驟變的歲月，劉邦自然激情難抑，感慨萬千。第二句由首句風雲突變之「動」，轉入四海晏然之「靜」。經過長達四五年的「楚漢戰爭」，劉邦終於把對手項羽逼得烏江自刎，現在四海歸一，萬民咸服，自己也嚐到了當皇帝的尊榮顯貴，如今衣錦榮歸，更是春風得意。然而，一想起那些同他開創江山的老臣宿將，有許多已被他翦滅，朝中能征善戰者寥寥無幾，就產生了孤寂淒涼的感受。末句即表露了這種情緒。他多麼希望能有像往日那樣的將才，來為他守住這來之不易的江山呀！

他把〈大風歌〉唱了一遍又一遍，情到深處時，他還激動得流下眼淚。大家也跟著他唱，跟著他流眼淚。地方官還選了當地的一百二十個兒童來，劉邦親自彈奏樂器，教他們唱〈大風歌〉。

劉邦對家鄉父老當年對他的擁戴十分感動，他表示：他將來死了，魂魄也要再回故鄉。當下還頒布命令，豁免了家鄉人民對王朝承擔的全部徭役賦稅。

〈大風歌〉唱出了劉邦在風起雲湧、群雄角逐年代中運籌帷幄得到江山的豪邁之情，也唱出了他想要永遠保住天下的憂思。他希望有「猛士」為他捍衛江山，他希望「四方」安寧，江山永固。但他對前途仍然感到迷惘，他不能預料未來的「風雨」，他靠「風」起「雲」湧而得到了政權，而他又怎能知曉將來的「風」、「雲」變幻呢？

〈大風歌〉全詩氣魄宏大：風、雲、海內、猛士的形象，生動地顯現著過去、現在與未來。

最早的漢樂府詩人：唐山夫人

漢朝的樂府詩嚴格地說，應該是指漢武帝劉徹建立了「樂府」這個機關以後所採集和製作的詩。但作為一種文學現象，它總有它的發生、發展、高潮和衰落。漢樂府詩是繼承《詩經》而來，到武帝時得到了發展。在武帝以前，像《詩經》中採集到的那類合樂民歌，在民間流傳肯定不少，只是沒能很好地保存下來。漢武帝建立「樂府」，不僅採詩、製詩、製樂，更主要的功績是保存了大量的樂歌。但在樂府詩發生初期，武帝設立「樂府」前，一些入樂的漢代詩歌或多或少還是有流傳下來的。如劉邦的〈大風歌〉、〈鴻鵠歌〉，戚夫人幽居永巷時所作的〈舂歌〉等，這些實際都是早期的樂府詩歌。其中，被認為是最早的漢樂府詩歌的，是漢高祖劉邦的唐山夫人所作的〈房中祠樂〉，也叫〈安世房中歌〉。

〈安世房中歌〉是漢高祖劉邦的後宮唐山夫人所作。「唐山」是複姓。唐山夫人生卒年月不詳，大約漢初高祖在位時在世。因為高祖本是楚人，一直喜歡聽楚地的音樂，所以〈安世房中歌〉也用的是楚樂。全詩共十七章，各章標題大都失傳，每章句數不等，有的八句，有的六句，最多的有十二句，最少的僅四句，大部分是四言句，個別章節有三言句或七言句。一般每章單獨押韻，有的幾章通押一韻。由於此歌詞文字頗多，文辭比較古奧，僅錄前二章以示：

大孝備矣，休德昭清。高張四縣，樂充宮廷。芬樹羽林，雲景杳冥。金支秀華，庶旄翠旌。

七始華始，肅倡和聲。神來晏娭，庶幾是聽。粥粥音送，細齊人情。忽乘青玄，熙事備成。清思眑眑，經緯冥冥。

〈安世房中歌〉十七章，極盡鋪排，多方設喻，充分顯示漢高祖劉邦功滿孝備、四方歸心、恩澤萬世。歌詞首先頌揚高祖大孝，功蓋天下，所以人們豎起大鐘鼓樂來歌頌他，神明也降世來諦聽，使福喜全至。

由於高祖德惠天下，諸侯恭敬，百姓安寧，所以四方歸心，臻以至治。詩中還寫到百姓仰慕，萬方和樂，臣民信賴，恩惠廣博，都是因為王者有德。

詩中進一步說，由於德布天下，就像燈光一樣照到四方各地每個角落，使蠻荒之民都得到了福澤。最後說帝德深遠，善行遠布，下民皆沾潤恩澤，永世萬代，福壽長久。

《詩經》有「風」、「雅」、「頌」，而漢樂府詩有「相和」、「鼓吹」、「郊廟」等曲；〈安世房中歌〉就是郊廟曲類的作品。宋代郭茂倩輯《樂府詩集》，把〈安世房中歌〉歸入「郊廟歌辭」。從它的內容看，純粹是歌功頌德、讚美時政的。全書不外說了六個字：「孝」、「德」、「福」、「君」、「臣」、「民」，概括地說，就是孝備、德昭、福長、君明、臣歸、民康。但作為文學作品，它卻是最早的漢樂府詩。因而從形式上對後代，特別對漢代樂府詩發展有著借鑑和參考作用。可以看出〈安世房中歌〉承繼了《詩經》四言詩的形式的餘緒，是從《詩經》到成熟的樂府詩的過渡作品。所以它既有《詩經》的痕跡，又可見漢樂府的端始。沈德潛稱讚〈安世房中歌〉為：「古奧中帶和平之音，不膚不庸，有典有則，是西京極大文字。」

從楚辭到漢賦的文學發展

在漢代的各體文學中，漢賦是最流行、最具創造性、最富文藝特點的，它不僅真實而典型地表現了大漢帝國恢宏向上的時代精神，而且形象地傳達出了漢代文人心靈意緒的細微變化。兩漢四百年間，賦家雲集，賦作可比繁星，整個文壇都為漢賦所壟斷。此際，賦作為一種文體正式宣告產生，並獲繁榮發展，我國古代的文藝之林又添加了一朵艷麗多姿的奇葩。因此，近代著名學者王國維在其《宋元戲曲考・序》中說：「凡一代之有一代之文學：楚之騷，漢之賦，六朝之駢語，唐之詩，宋之詞，元之曲，皆所謂一代之文學，而後世莫能繼焉者也。」在整個中國文學史上，漢賦的成就雖不及唐詩宋詞那樣突出，但作為漢代文學的代表，它還是名副其實的。

賦體的主要特徵是鋪陳寫物，「不歌而誦」（《漢書・藝文志》），介於詩歌和散文之間，產生於戰國後期。最早寫作賦體作品並以賦名篇的是荀子。據《漢書．藝文志》載，荀子有賦十篇，現存〈禮〉、〈知〉、〈雲〉、〈蠶〉、〈箴〉五篇，係用通俗「隱語」鋪寫五種事物。舊傳楚國宋玉也有賦作，如〈風賦〉、〈高唐賦〉、〈神女賦〉等，辭藻華美，有諷諫意。對於漢賦來講，其產生顯然是前代文化遺產哺養的結果，就是說，它的源頭是多元而非單一的。概言之，有《詩經》、楚辭、倡優、縱橫家等四個方面。其中，楚辭的影響是最大的，清代的劉熙載甚至認為「騷為賦之祖」（《藝概．賦概》）。的確，漢朝人往往辭、賦不分，不僅如此，漢賦作品也與以屈原〈離騷〉為代表的楚辭很相近，如賈誼的〈弔屈原賦〉、〈鵩鳥賦〉、〈惜誓〉，淮南小山的〈招隱士〉，司馬相如的〈大人賦〉，揚雄的〈甘泉賦〉，班固的〈幽通賦〉，張衡的〈思玄賦〉和蔡邕的〈述行賦〉，體式上都是抒情濃烈，帶「兮」字調，句子長短也差不多，與楚辭真假難辨。至於楚辭對漢賦的影響，主要有以下三點。

首先，作為漢賦兩大類之一的抒情述志賦，是在楚辭的直接啟發影響下發展起來的，與楚辭屬於同一類型。屈原的辭賦是在遭憂被讒又放不下對祖國命運關心的背景下創作出來的，是「賢人失志」之作。而賈誼的〈弔屈原賦〉，董仲舒的〈士不遇賦〉，司馬遷的〈悲士不遇賦〉，張衡的〈思玄賦〉和蔡邕的〈述行賦〉等，也都是在抒發他們的懷才不遇，抑鬱不得志，以及對祖國和人民的關切，流露出對現實社會的不滿和批評，這與〈離騷〉的產生背景異常相似。

其次，漢賦的虛構誇張手法，也深受楚辭的影響。在這方面，漢賦中的抒情賦表現得尤為突出。劉熙載認為司馬相如的〈大人賦〉出自楚辭裡的〈遠遊〉，郭沫若甚至說〈遠遊〉是〈大人賦〉的初稿，而其老祖宗就是〈離騷〉。至於張衡的〈思玄賦〉，則簡直是〈離騷〉的翻版。即使在漢賦的另一大類敘事描寫賦裡，也多有楚辭虛構誇張特點的遺留。〈離騷〉中的「屯餘車其千乘兮，齊玉軑而並馳；駕八龍之蜿蜿兮，載雲旗之委蛇」之類情節，在漢代散體大賦中則變成了帝王浩浩蕩蕩出游狩獵的場面描寫。揚雄、班固等人都曾批評漢大賦誇張過分，更加說明了由楚辭到漢賦的這種傾向。

最後，漢賦文辭的雍容華麗和文采流溢，也是從楚辭學來的。不僅楚辭中大量的諸如香花、香草、飛龍、瑤象、玉鸞、神鳥、雲旗、仙鄉、帝都等美麗神奇的名詞在漢賦中頻頻亮相，而且有的連整個美麗的句子也照搬過來。所以，劉勰總結說，因為楚辭「氣往轢古，辭來切今，驚采絕艷……是以枚、賈追風以入麗，馬、揚沿波而得奇。其衣被詞人，非一代也」。

另外，漢賦在寫作上，還借鑑了《詩經》中雅頌的諷諫和歌頌以及表現手法與韻律格式，倡優們反話正說、「推而隆之」的表達方式，先秦縱橫家居高臨下、縱論古今天下的氣勢與辯說藝術。當然，以上這些文學遺產必須通過兩漢社會這個根本條件，才能在漢賦的產生、發展和壯大中起作用。從這個意義上講，漢武帝攬士寫賦功不可沒。

漢賦的發展，大致經歷了三個階段。第一個階段是西漢初年的「騷體賦」時期。主要是繼承楚辭的餘緒，多抒發作者的政治見解和身世之感，形式上稍有轉變，代表賦家為賈誼、淮南小山和枚乘等人。第二個階段是漢武帝至東漢中葉的「散體大賦」時期。賦體開始有獨立特徵，名家名作激增，多描寫漢帝國威震四方的國勢，新興都邑的繁榮，水陸產品的豐饒，宮室苑囿的富麗以及貴族田獵歌舞時的壯麗場面等。這是漢賦的鼎盛時期，代表賦家為司馬相如、揚雄、班固等人。第三個階段是東漢中葉至東漢末年的「抒情小賦」時期。賦體的內容和形式都開始有所轉變，對黑暗現實的揭露和憂憤代替了奮發卓厲精神，抒情詠物的小賦代替了專以鋪採為能事的大賦。張衡為其首事者，趙壹和蔡邕則逐其流而揚其波。

漢賦對後世文學的滋養是多方面的。單就中國文學觀念的形成來說，其促進作用也是相當明顯的。中國的韻文從《詩經》、《楚辭》開始，中經西漢以來辭賦的發展，至東漢時已將文學與一般學術區別開來。《漢書‧藝文志》除〈諸子略〉外，又特設〈詩賦略〉一門，出現了「文章」這樣的新概念。到魏晉時更出現了「詩賦欲麗」（曹丕《典論‧論文》）、

「詩緣情而綺靡，賦體物而瀏亮」（陸機〈文賦〉）等對文學基本特徵的探討和認識，由此，中國人的文學觀念就日益趨於明晰化了。

陸賈以《詩》、《書》勸服南越王

陸賈，漢初政論家、辭賦家，楚國人。秦末，劉邦起事時，他以門客身份隨從，因熟讀《詩》、《書》，滿腹經綸，能言善辯，受到劉邦的重用。劉邦平定天下後，他常伴隨在劉邦身邊出謀劃策，並時常奉詔出使諸侯國。

漢朝建立，結束了多年楚漢爭戰。但漢軍武力未能達到的一些邊地，仍盤踞著地方割據勢力。比如，趙陀占據南越（今廣東、廣西一帶）後，便在那裡自立為王。漢高祖劉邦決定派遣辯士陸賈說服趙陀接受南越王封號，與漢朝建立臣屬關係。漢高祖十一年（公元前一九六年），陸賈出使南越。

陸賈初到南越時，趙陀根本就不把他放在眼裡，他梳著錐形髮髻，叉開兩腿，像個簸箕的樣子，不拘禮節地坐在那裡接見陸賈。陸賈毫不膽怯，走上前去勸說道：「您是中原人，父母、兄弟的墳墓還都在真定。如今你拋棄中原地區的穿戴習俗，改從越人裝束習俗，想憑藉小小的南越彈丸之地與天子對抗，一旦形成敵對，災禍就要臨頭了。您沒聽說，秦朝暴政，不得民心，天下大亂。諸侯豪傑紛紛起事，唯獨漢王首先進入關中滅秦，占據秦都咸陽。當時勢力強大的項羽違背盟約，自立為西楚霸王，天下的諸侯都歸附於他，大概是當時最強大的了。但在漢王強大的征討之下，也迅速兵敗垓下。五年之間，全國安定，諸侯歸順，天下一統，這不是人力所能辦到的。所謂秦失其鹿，天下共逐，而唯漢所得，這是天意安排。現在，天子聽到大王在南越稱王，不利於天子為天下除暴安良。朝廷中的將相們都紛紛要求征討大王，但天子憐憫百姓剛剛經歷戰亂之苦，所以勸其作罷。派遣我來送給你王印，以剖分符信作為憑證，互通使節。大王本應該到郊外迎接我，接受賜封，向漢稱臣。你這樣無禮，想憑藉剛剛建立起來尚未安定的越國，在這裡負隅頑抗。假如漢朝了解到這些情況，挖掘燒毀大王祖宗的墳墓，誅滅你的家族，派遣一名副將率領十萬軍隊來攻南越。那樣的話，越人乘機殺死大王，投降漢朝，是易如反掌的事情。」

聽了陸賈的這席話，趙陀大吃一驚，急忙坐正身子，向陸賈謝罪說：「我在蠻夷之地已久，太失禮數，望先生多多原諒。」趙陀又擔心歸順稱臣，漢高祖不信任自己。於是又問陸賈說：「我跟蕭何、曹參、韓信相比，哪一個賢能？」陸賈回答說：「大王好像更為賢能。」趙陀一陣心喜，進而又問：「我與皇帝相比，哪一個賢能？」陸賈說：「當初，高祖從沛縣豐邑起兵，討伐暴秦，誅滅強楚，替天下興利除弊，繼承了五帝、三王的功業，統治了中國。中國的人口數以億計，土地遼闊萬里，處於天下的肥沃地區，人口稠密，車輛眾多，萬物豐富，政令統一，這是開天闢地以來所沒有過的。而大王所轄的人口不過數萬，且都是未開化之民，居住在崎嶇的山邊海南，就像是漢朝下屬的一個郡，大王怎麼能跟高祖相比呢？」趙陀佩服陸賈的辯才，開玩笑地說：「我不是在中原興起，所以才在這裡做個小小的王。假如我處在中原，未必就比不上漢帝！」

趙陀很喜歡陸賈的伶牙俐齒，於是，留下陸賈與他一起飲酒作樂好幾個月。趙陀說：「越地沒有人能與我進行如此深刻投機的交談，直到先生來，才使我每天聽到過去聽不到的事情。」最後，陸賈說服趙陀接受南越王的封號，讓他對漢稱臣。趙陀也賞賜給陸賈價值千金的寶物。陸賈回朝匯報南越歸順之事，高祖非常高興，任命陸賈為太中大夫。

早在劉邦稱帝之初，陸賈就幫劉邦制禮作樂。漢王朝建立後，陸賈更是時時在高祖面前依據《詩》、《書》談話。高祖是個小吏出身的人，以為陸賈故意在他面前賣弄玄虛，便生氣地罵他說：「我是在馬背上奪得天下的，哪用得著什麼《詩》、《書》。」陸賈馬上反駁說：「打天下固然可以在馬背上，治理天下難道也可以僅僅停留在馬背上嗎？昔日，商湯、周武王以武力奪取天下，但卻順應形勢以文治來固守天下，文武並用，才是長治久安的辦法。以前吳王夫差和智伯窮兵黷武以至敗亡；秦朝治天下使用嚴刑苛法，終於自取滅國。假如秦朝統一天下之後，能施行仁義，效法先聖，陛下又怎麼能夠取得天下？」高祖聽後臉有愧色，覺得陸賈的話有幾分道理。便叫他總結秦亡漢興的原因，以及古代國家成敗的歷史經驗教訓，寫出來供自己參考。陸賈遵從高祖旨意，援引大量史實，深刻分析、精闢論證，闡述了國家存亡的道理。他夜以繼日，共寫出了十二篇文章，每奏一篇，高祖都大為讚賞，皇帝左右的人也皆呼「萬歲」，把陸賈的書稱為《新語》。

陸賈著有《新語》十二篇，主張治國以儒學為主而輔以黃老「無為而治」思想，對漢初政治頗有影響。又著錄《楚漢春秋》九篇，記項羽、劉邦楚漢戰爭事及惠帝、文帝時事，為司馬遷寫《史記》提供了寶貴的資料，可惜今已佚失。

賈山上書談治亂理國

賈山，潁川（今河南禹縣）人。他的祖父賈祛是戰國時魏國的博士弟子，很有才學，但生不逢時，趕上戰亂年代，魏國在公元前二二五年滅亡，賈祛只好回家閒居。秦統一天下後，施行暴政，短短十幾年時間，就因激化階級矛盾而被人民推翻。對於這些國家興亡、社會治亂的過程，賈祛親眼目睹、親身經歷，這些歷史變遷使他深刻地認識到：在國家的治亂興衰中有一點起著至關重要的作用，那就是能否施行仁政。是養育萬民，使人民安居樂業；還是為了一己之私，掠奪民脂民膏，使人民處於水深火熱之中。愛民者昌，虐民者亡，這是從無數歷史事實中得出來的結論。

賈山從小就跟從祖父學習，思想上深受祖父的影響。賈祛求學於戰國末年，當時儒、墨、道、法諸家學派還不存在以法律形式尊此黜彼的問題。賈祛學習的內容兼雜諸子百家，後來指導賈山學習，也不主張專治儒學，而是讓賈山廣泛涉獵歷史典籍，從中吸取營養，總結經驗教訓，並時常給賈山講起魏國是怎樣衰亡的，秦朝又是如何由一個地偏西北的小國，通過變法強大起來，逐步吞併六國成為盛極一時的大帝國，又是如何在十幾年間便土崩瓦解的，使賈山很早就開始思考國家治亂興衰的問題。

文帝登基後，非常注意發展農業生產，採取休養生息、減輕徭役賦稅、救濟災民等政策和措施，並廣開言路，聽取各界人士的意見。賈山把這一切都看在了眼裡，認為文帝是個賢能英明的君王，於是便以潁陰侯灌嬰門客的身份，向文帝上書，分析古今治亂興衰的道理，這篇上書就是後來的〈至言〉一文。在文中，賈山闡述的問題主要有兩個，一是詳盡地分析了秦朝滅亡的原因：秦始皇大興土木，修造宮室陵園，築長城、馳道，為逞一己私慾，耗盡民力，使天下百姓疲於奔命而難以應付過多的徭役和賦稅，最終使民心離散，群起反抗；二是通過分析秦朝亡國的原因，來強調直言進諫對於保國存君的重要性。文中說：

臣下聽說忠臣對君王諫言，往往直切逆耳，所以很容易觸怒君王而使自身遭殃。然而不直言則不能反映出真實的情況，最終於事無補。忠言雖逆耳，但實用。賢明的君王急於聽到忠言，忠心耿耿的臣子就一定會冒死直諫，使君王知曉實情，明主應當培養這種風氣。這就好比在肥沃的土地上劣質的種子也能發芽，最後長成枝繁葉茂的植物；而在堅如岩石的土地上，再好的種子也不能生根發芽。所以夏桀、商紂時，雖然有箕子、比乾這樣的忠直之臣，但君王不納忠言，最終也只能亡國；而在文王之時，由於廣納賢良，喜聞忠諫，所以人們都能施展才華，可謂人盡其能。有明君才有諍臣，這是西周得以興旺發達的主要原因。然而廣開言路並不是輕而易舉就能做到的。即使如今像陛下您這樣和顏悅色地納諫，號召大家傾訴肺腑之言，而且進言的人還能因此顯身揚名，猶有人害怕遭禍而不敢多言，更何況一旦因某些言論過分激切，觸怒君王，使君王大發雷霆之怒呢？那更會使大臣們噤若寒蟬。果真如此，君王便聽不到忠言，覺察不到自己的過失了。不知自己的過失，那江山社稷就危險了。上古聖明的君王，設有史官在旁邊專門記載他們的過失，而且士農工商各種人都能隨便議論朝政。這樣才能使君王聞過而改，治國才會沒有失誤，天下從而安定繁榮。賢主們尊養德高望重的老人以倡導「孝」的風氣；選用穩健的大臣以防止自己驕奢；設置敢以激切言辭指出自己過失的諫官，以防不能聞過；甚至向割草砍柴的人去請教，追求真理不分尊卑貴賤；即使從事末業的商賈之人批評朝政，也照樣聞過則改。這樣從善如流，為的是天下人都能暢所欲言。

賈山的〈至言〉強調納諫用賢，把它視為治國的根本，言辭激切，論證有力，特別是認為秦朝敗亡不僅由於使用嚴刑峻法，而且還有一個重要的原因是使「天下莫敢告也」，所以秦皇帝居滅絕之中而不自知。文章立論新穎，在兩漢文章中獨樹一幟，明代徐中行稱此文「骨法奇爽，西漢當稱獨步」。

文帝對賈山的〈至言〉很重視，尤其認為勸他廣開言路、採納忠言的建議是至理名言，於是專門下詔書向天下宣布招賢納諫。

賈山既然勸文帝廣開言路，他自己當然是積極進諫，以身作則。賈山的諫書言辭往往較為激切，不顧及文帝的面子，但文帝對他的直言總是欣然領受，從未動怒，為的是使諍諫之路暢通無阻。

賈山的〈至言〉不但在當時很有政治影響，而且也是歷史上一篇有很高藝術價值的政論散文。它針對國家治亂的根本大計，陳述政見，分析形勢，提出策略。內容充實，說理透徹，思想深刻，文辭樸素、精鍊，感情真摯、懇切，是漢代散文大系中的一枝奇葩。

短命的絕代才子賈誼

賈誼（公元前二〇〇—公元前一六八年）是河南洛陽有名的少年才子。在他十八歲的時候，就因博覽群書且寫得一手絕妙文章而聞名遐邇。當時河南郡守姓吳，仰慕賈誼的出眾才華，就親自出面招賢，將他納入自己門下充當幕僚，出謀劃策，輔佐政務。賈誼此時頗受吳公器重，自然知恩圖報，盡心盡力，充分施展才能，積極輔佐吳公將政務治理得井井有條，初步顯示了他作為政治家的謀略和才智。漢孝文帝即位以後，聽說河南郡政績口碑很好，可以說是政通人和，民生富足，名列全國諸郡之首。於是下詔令他入京任廷尉。飲水思源的吳廷尉自然也忘不了賈誼，就藉機向孝文帝推薦賈誼，說他如何年輕而才華出眾，並且博學通識，諸子百家之學盡皆通曉。孝文帝正好求賢若渴，乃任命賈誼為博士。賈誼初入仕途，自是躊躇滿志。儘管只有二十多歲，在眾位元老大臣面前屬小字輩，但每當應詔在朝廷商議國事的時候，卻當仁不讓，表現得十分突出。往往當許多年老資深的大臣拙於應對的時候，他卻總能獨闢蹊徑，敢於提出自己的見解和主張，並且言之鑿鑿，對答如流，把許多人心裡有嘴上卻表述不出來的意見，條分縷析、有理有據地論述了出來。因此深受孝文帝的寵幸，不到一年的時間，就又破格提拔他為太中大夫。

賈誼的政治才能，突出表現在他對漢代的社會、政治、法律、制度等都有深入的研究和思考，並結合實際，敢於提出自己的見解和主張。他認為，從漢朝建國到孝文帝已經歷時二十多年，天下安定，人民和順，此時就應當根據實際情況，適時進行一系列社會政治改革，如更定曆法，改變服飾的顏色，訂立法律制度，統一官位名稱，振興禮樂等。並且，他還身體力行，親自草擬了各項禮儀制度，主張應該崇尚黃色，官印的字數也要以「五」計算數目，重新確定官名，全部變更秦朝的法律制度。然而，當時的孝文帝剛剛即位，對朝政處理相當謹慎，不敢進行大的改革，所以對賈誼的這些政治遠見並沒有放在心上，更不用說依照行事了，枉費了賈誼的無數心血。但是，從這裡，我們卻能夠看出賈誼作為政治家的謀略和遠見。

賈誼這種興利除弊、熱切呼籲政治改革的主張，集中體現在他的奏疏中。這些奏疏，既有強烈的政論色彩，又有鮮明的藝術特色，凸現出他集政治家、文學家於一身的過人才華。〈過秦論〉和〈陳政事疏〉即為此類作品的代表作。這類文章多是針對現實中各種具體問題而寫給皇上的奏疏，因而具有很強的現實性。同時，為了使文章的觀點、建議為皇上採納，賈誼十分重視文章的文采，筆端飽含深情，行文暢達而不膚淺，語言犀利激切。這些散文，一方面從宏觀上總結秦代興亡的歷史原因，另一方面，又針對漢代社會存在的具體弊端和潛在危機，在微觀上尋求更改的出路，具有鮮明的醒世和警世的作用。這種在政治上的遠見卓識和行文表達上的強烈感染力，使孝文帝對賈誼寵愛有加，想把他提拔到公卿的高位。

然而，「木秀於林，風必摧之」，賈誼的出眾才華，雖為他贏得了孝文帝的賞識和器重，卻也由此招致了嫉賢妒能的老瞶之人的惡意攻擊和排擠。他們利用各種機會和場合，紛紛向皇帝進讒言，諷刺賈誼這個洛陽少年，年輕氣盛，故意擾亂朝綱。古來有「三人成虎」的典故，比喻謠言重複多次，能使人信以為真。孝文帝果然聽信了讒言，漸漸疏遠了賈誼，後來乾脆將他放逐到了偏遠的長沙。

賈誼空有一腔報國熱情，卻沒有能夠施展才能，反而遭讒罹詬，被貶到了地勢低凹、氣候潮濕的長沙，內心非常鬱悶，始終難展笑顏，唯將天生才情轉到作賦寫辭上。

賈誼一直生活在北方中原地區，對地勢低窪、潮氣陰重的偏遠的長沙自然很不習慣，此番遭貶謫，內心更是不舒暢，抑鬱得很，所以他在渡過湘水時便不由自主地想到了屈原，為了哀悼屈原，更為了排解心中的鬱悶之情，他憤然寫了〈弔屈原賦〉，並將其投入江中，以示他深深的哀悼。賈誼當時年僅二十五歲，卻留下了這篇膾炙人口的佳作。

〈弔屈原賦〉是較為典型的騷體賦，在句法上是四言、六言的合用，句式整齊，通篇用韻，帶「兮」字調，富有抒情色彩。後來，他雖然再次被徵召回京，但徵召他的目的，卻不是因為需要他的濟世安邦的政治才能和寫賦作辭的文學才華，而是向他諮詢關於鬼神的事宜。儘管當賈誼盡心盡力解說著與個人抱負和才華風馬牛不相及的鬼神之事的時候，孝文帝聽得津津有味，甚至不知不覺地在座席上向前移動，但仍令賈誼這一絕代才子感到深深的悲哀，既為他出眾的才華只配給皇上講神論鬼，更為他滿腔的政治熱情無從施展而長久廢疏。

賈誼熱情謳歌和讚頌屈原高潔的品格和德行，把屈原比作「自引而遠去」的鳳，比作「深潛以自珍」的龍。由於屈原同昏君和黨人的對立，同惡德與濁世的對抗，他不為惡人與濁世所容。賈誼在賦中，運用寓意深刻的比喻，表現出屈原終遭迫害的不幸：「彼尋常之汙瀆兮，豈能容夫吞舟之巨魚？橫江湖之鱣鯨兮，固將制於螻蟻。」這表明屈原如橫絕江湖的巨鯨，因不幸陷入汙瀆，卻在螻蟻殘害下而喪生，悲劇何其深刻啊。

這篇賦作，雖然是哀悼屈原的，但同時也寄託著賈誼自身的感受，賦中寫到的屈原的時代，也正是賈誼生活時代的襯托表現，屈原的遭際悲劇也正是賈誼橫遭貶謫的曲折反映。所以這篇賦作既是哀悼屈原的祭文，更是作者曲折抒發個人情懷、批判和揭露所處時代的檄文。

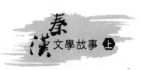

此後，賈誼事實上一直賦閒。雖然名義上是梁懷王的太傅，但他已經遠離了自己曾經有過的夢想和遠大抱負，內心的鬱悶可想而知。終於，一件偶然的意外之事，導致了他的命運悲劇：梁懷王騎馬時，不慎墜馬而亡。與此毫無關係的賈誼卻自責甚深，鬱悶不已，憂傷長慟，痛哭哀傷了一年多，終於抑鬱而亡，死時年僅三十三歲。

賈誼的一生，如火石閃電，儘管照徹天宇，卻迫於情勢而未能在政治上有長久的建樹。但在文學史上，他卻以非凡的才華，給後世留下了光輝的篇章。

三次上疏的謀臣：晁錯

西漢初期，有一位通古博今、才華出眾的文人謀臣——晁錯，時人譽稱「智囊」。

晁錯（公元前二〇〇—公元前一五四年），潁川（今河南禹縣）人。青年時代跟隨張恢學習申不害、商鞅的法家學說。因通曉文獻典故，任太常掌故。文帝時為太子家令。後元七年（公元前一五七年），文帝病故，太子劉啟繼承皇位，是為景帝。景帝任用晁錯為御史大夫，晁錯極力主張改革政治、獎勵農耕、抗擊匈奴、鞏固皇權。深得景帝寵信，可謂言聽而計從，成為景帝首屈一指的謀臣。

晁錯是西漢文景時期著名的政論散文家。他一心為社稷著想，敢於犯顏直諫，秉筆直書，不避禍難，陳述己見。其無所畏懼的抗爭精神，可歌可泣；其高人一籌的膽識方略，可敬可嘆。他的文筆峭直挺拔，簡潔犀利，議論精深，邏輯嚴密，所持觀點多能切中時弊要害，具有遠見卓識。

晁錯留給後世的政論散文，有〈賢良文學對策〉、〈言兵事疏〉、〈守邊勸農疏〉、〈論貴粟疏〉（一作〈重農貴粟疏〉）、〈論削藩疏〉等。其中最為著名的是「三疏」，即〈言兵事疏〉、〈守邊勸農疏〉和〈論貴粟疏〉。這「三疏」都是西漢散文中的名篇，涉及軍事用兵、徙民實邊、重農貴粟等關係國計民生的大事。

漢王朝建立以來，一直遭受匈奴欺凌。漢高祖曾親率三十餘萬大軍北擊匈奴，結果被圍困於平城白登山（今山西大同東），與主力隔絕，七天未能突圍，被迫簽訂了平城之約。從此，漢王朝採取了綏靖政策，把皇帝的女兒嫁給匈奴單于為妻，每年贈送絲絮酒米等財物。但和親並沒有換來長久的和平與安寧。冒頓單于禮品照收，擄掠如故。每年秋高馬肥就入侵漢區。匈奴軍「小入則小利，大入則大利」。文帝後元六年（公元前一五八年）冬天，各以三萬騎兵大舉入侵上郡（今陝西榆林南）和雲中（今內蒙古托克托），殺害地方官吏，擄掠人民畜產，其偵察尖兵竟至深入到長安郊外的甘泉宮，戰火逐漸向內地推進，京師長安一片騷動。漢文帝緊急調集部隊，作大規模的防禦部署。為了抵禦匈奴的侵擾，加強邊防，維護大漢帝國的安定，晁錯獻計獻策，連上「三疏」，陳述政見，提出富國強兵、抗擊匈奴的主張。

晁錯先向文帝上〈言兵事疏〉，談軍事用兵。他陳述說，安邊境，驅匈奴，在於揚長避短，這是用兵的關鍵，不可不認真考慮。晁錯首先分析了漢匈兩軍的優缺點，指出匈奴是遊牧民族，全民皆兵，共有三十多萬騎士，機動靈活，突擊力強，軍事上很占優勢。其三條長處是：戰馬好，騎術精，人民吃苦耐勞。漢軍也有自己的優勢：武器精良，訓練有素，長於在平原展開正規車騎大戰和下馬短兵相接搏鬥。而且漢王朝地廣兵多，在數量上更占絕對優勢。如果再把歸附漢王朝的義渠胡等游牧族組成軍隊配合漢軍作戰，就能兼備敵我雙方的優點，在軍事上萬無一失了。文帝讀後，龍顏大悅，賜晁錯書策以示嘉獎。

晁錯又上〈守邊勸農疏〉，建議徙民實邊，抗擊匈奴。匈奴不以土地種植為生，而以放牧牲畜為業。其生活方式往來遷徙，遊牧射獵在沿邊各地，哪裡薄弱就可以從哪裡入侵，非常主動。而漢王朝邊境漫長，實難兼顧。遭到匈奴侵犯的地方求救，若不去救援則受損失，而且邊民心生絕望，就有投降匈奴的念頭；若前往救助，派兵少了則不足以抵擋匈奴軍隊，派兵多了，則大隊人馬從千里之外跋涉而來，敵人早已聞風跑得無影無蹤。為此，晁錯建議移民屯田充實邊區，選擇戰略要地建設守備牢固的據點，要求能夠容納千戶以上。然後到內地招募百姓，或者赦免犯人，讓他們充軍邊塞。政府要為移民劃分土地，建造住宅，供給開荒時所需的衣服口糧，直到生產能夠自給時才停止。把他們按五家、十家編組從事生產和軍事訓練，使他們安居樂業，確立長期定居、保衛鄉土的決心。這種移民定居地區，其戰鬥力必然遠遠超過從內地徵發前去守邊一年的戍卒。有了許多個這種具備相當自衛能力的戰略據點，才能構成一條比較鞏固的邊防線，從而對匈奴軍隊的行動起到一定的限制作用。文帝採納了晁錯的建議，於是下詔募民，遷徙到邊塞，去墾田築城，加強邊防。

晁錯又上〈論貴粟疏〉，建議文帝「重本抑末」，重農貴粟，減輕賦稅，廣積糧食。當時，西漢政權繼續用戶籍制度控制人口。在列入戶籍的編戶中，人數最多的是自耕農民，廣大的自耕農民是漢代農業生產的主力。晁錯估計，通常是五口之家，耕田百畝，大約每年交田租三石至四石糧食，約合錢三百。但是人頭稅每年卻有戶賦二百，獻賦每人六十三，算賦每個成人一百二十，口賦每個小孩二十三，加起來就將近八百。另外還有兵役和各種勞役，成年男子都得按規定的時間地點去負擔或者交錢代替。如果碰上水旱之災，或者賦斂無度，農民更是不堪重負。

所以，當務之急是讓農民有心務農，讓農民務農的最好方法是提高糧價，提高糧價的方法，是以糧食為賞罰。現在，可以號召天下，有向朝廷交納糧食的，可以封爵，可以免罪。這樣，富人有了爵位，農民有了錢財，糧食有了流通，損有餘而補不足，這種做法對國家和百姓都有利。爵位是君主專有的，出於口而沒有窮盡；糧食是農民種出來的，出於地而不會貧乏。得高爵和免罪都是人所希望的。讓天下人向邊郡交納糧食而得以受爵、免罪，不出三年，邊防上的糧食儲備必然豐富。漢文帝採納了晁錯的建議，下令全國百姓都可以「入粟拜爵」。晁錯的為政措施，促進了社會經濟發展，調整了生產關係，安定了人民生活，加強了國防，鞏固了中央集權統治。開闢了「文景之治」的大好局面，為後來漢武帝反擊匈奴，奠定了雄厚的物質基礎。

晁錯的「三疏」，以歷史事實為依據，對當時各種利弊得失能作具體的分析，立論精闢而切於實際，語言質樸而筆力遒勁，行文豪放而富有文采，對後世的政論散文頗有影響。其作品被魯迅先生譽為「西漢鴻文」之一，並「沾溉後人，其澤深遠」。

晁錯削弱諸侯國的主張，打擊了諸侯王的政治野心，直接損害了他們的既得利益，引起了眾多割據勢力的怨恨。

晁錯堅定地堅持削藩，當要削奪吳國的會稽郡和豫章郡時，吳王劉濞十分氣憤，他是最強大的封王，都吳（今江蘇蘇州），擁有江東五十三縣，盛產銅、鹽，國富民強。他聽說膠西王勇猛、好鬥，便派使者中大夫應高前去遊說膠西王起兵反漢。應高對膠西王許願說，將來奪取天下之後，兩主分割，膠西王表示同意。吳王劉濞還不放心，又親自前往膠西，與膠西王結盟。隨後吳王又派使者聯絡膠東、菑川、濟南、濟北、楚、趙等國，各國推舉吳王為盟主，建立軍事同盟，共同起兵反漢。

劉濞等人深知叛亂難得人心，師出無名，就非常狡猾地打出了「請誅晁錯，以清君側」的旗號。他們說晁錯離間「劉氏骨肉」，他們起兵的用意也只是清除皇帝身邊的壞人，為了「安劉氏社稷」，並非反對皇帝。用攻擊晁錯的障眼法，掩蓋其攻擊漢王朝的真實野心。

公元前一五四年，吳、楚、膠西、趙、濟南、菑川、膠東七個封國，同時發動叛亂，這就是歷史上著名的「吳楚七國之亂」。劉濞下令先將漢朝所任命的兩千石以下的官吏統統殺掉，然後他親率大軍從廣陵北上，西渡淮水，與楚軍會合，糾集二十萬人繼續西征。膠西、膠東、濟南、菑川等國合兵圍攻仍然忠於漢王朝的梁國。趙國也暗中勾結匈奴，起兵反叛。一時黑雲壓城，長安城中的高利貸者認為東方戰事勝敗難知，竟不肯貸款給從軍東征的列侯封君，好像漢中央政權已經危在旦夕了。

漢景帝正無良策之時，袁盎向景帝建議說：「諸王起兵，完全是因為晁錯，只要殺了晁錯，吳楚即可退兵。」袁盎曾做過吳相，本是吳王派來的親信，又曾因晁錯欲治他的貪汙受賄罪，因而對晁錯恨之入骨，他此刻找到了報復的機會。在吳楚七國聲勢洶洶的進攻面前，景帝也動搖了。他聽信了晁錯政敵袁盎的挑撥慫恿，說：「吾不愛一人謝天下。」以犧牲晁錯，退還削地，來換取七國退兵。便授意丞相莊青翟等人誣告晁錯不忠，把他騙到長安東市腰斬，時晁錯年四十六歲。同時，晁錯的全家老小也被殘暴地殺害了。

《韓詩外傳》中的故事

韓嬰，就是今文經學「韓詩學」的開創者。韓嬰，燕（治所在今北京西南）人，文帝時任博士，景帝時為常山王劉舜太傅。著有《韓詩內傳》四卷和《韓詩外傳》六卷。《內傳》可能是解釋《詩經》的著述，早已佚失，《外傳》並不是以解釋《詩經》為宗旨，而是一部匯集古代故事與詩說的書，通過人物的對話和故事這個主體來宣揚儒家的政治思想與社會倫理道德觀念，以達到諷喻勸懲，教育人、啟發人的社會功用。但在發揮經義、闡明道理中，為後世保留了很多歷史故事和一批各具特色的人物形象。

石奢是楚國昭王時的一位義士。由於他為人公道正直，楚王就讓他做了一名執法斷獄的官。經他辦理的案子，全都公正合理，連犯人都打心眼裡服氣。他又能勤於職守，嚴於律己，所以很得朝野人士稱賞。有一次石奢又奉命去追捕一名殺人犯，到了殺人犯面前，才發現竟是自己的父親。這一來，石奢可犯了難，是徇私情放了父親，還是秉公執法，抓父親回去呢？思量再三，他選擇了前者，畢竟是親生父親啊，治他的罪，於心何忍！返回朝廷後，石奢就跟楚王報告說：「那個犯人，是臣的父親，我若是為了維護法律的尊嚴和自己的地位而殺了父親，就是大大的不孝，所以我私自把他老人家放走了；但因此我沒能執行大王您的法律，是對您大大的不忠，我犯了欺君之罪，不可饒恕，請求大王您下令殺了我吧。」態度非常誠懇堅決。楚王向來賞識石奢這個人才，也很能體諒他的難處，就跟他說：「是犯人逃得太快，你沒能追得上，怎可怪你呢？你還是回去繼續做事吧。」石奢卻執意不肯，又跟楚王說：「切不可這樣。當時我若不放父親，是我的不孝；但放了父親，又是我的不忠；我自己犯了死罪卻還活著，是我的為政不廉；大王您赦免我，是您對臣下的恩德；我決意領受制裁，是臣下的義氣和本分。」說完就當場刎頸自殺了。這則小故事塑造了石奢這個既為人子又為人臣的雙重身份的人物形象，著重體現了他性格中剛烈廉直的一面。

「公儀休嗜魚」一章，則從一件極其普通的日常小事著筆，宣揚了為官清廉的思想。公儀休這個人很愛吃魚，他在魯國做官時，有一次，國人送魚給他，他卻無論如何不願接受。他的弟弟就很不解地問他：「你明明愛吃魚，現在有人送魚來，卻不要，為什麼呢？」公儀休解釋說，正因為自己愛吃魚，所以才不敢接受送的魚。接受了魚而養成受賄的習慣，將來罷了官，自己就沒條件吃魚了；相反，拒絕這次的送魚而保住了官位，自己就會永遠有足夠的魚吃，而且也會吃得心安理得、津津有味。這則小故事，通過公儀休兄弟倆簡單而不失幽默的對話，反映了公儀休廉潔奉公的精神品格，教給世人做人和做官的深刻道理。

在朋友之間的交往上，儒家向來提倡相交以誠、相交以心、相交以義，「知心」、「知音」成了人際交往的最高追求。魏文侯時的解狐和荊伯柳是一對有私怨的仇人，但在國家利益面前，解狐卻又能拋開個人恩怨，處理得公私分明。魏文侯曾經想選拔一位賢人做西河之守，於是便徵求他一向信任的大臣解狐的意見。解狐毫不猶豫地推薦了荊伯柳，誇讚荊伯柳是少有的賢人，堪任此職。荊伯柳得任西河之守的職位後，就問他的手下是誰在魏侯面前舉薦了他，得知竟是跟自己有隔閡的解狐後，心中很是感動，就親自到了解府，感謝解狐對自己的寬容和保舉之恩。誰知解狐竟神情冷漠，不以為然地對荊伯柳說：「我在國君面前推舉你，那是為公；我心裡怨恨你，那是為私。現在公事辦完了，而我與你的個人恩怨依然如故。」說完便拉開了箭向荊伯柳射去。荊伯柳一陣快跑，總算躲過了箭。故事對解狐的性格，刻畫得十分成功，一個固執地堅守做人原則，冷靜、泰然地對待公私恩怨的人物形象呼之欲出。

《韓詩外傳》中還記述了一些下層人物的故事，如屠牛吐就是其中之一。齊王有個女兒，年齡很大了，因為相貌醜陋還沒嫁得出去，齊王為這事很犯愁。聽說都城中有個叫吐的殺牛匠還沒娶媳婦，就準備了豐厚的嫁妝，要把女兒嫁給他。可屠牛吐得知這個消息後，不但沒有欣喜若狂，反而趕緊推說有病，把婚事給辭掉了。他的朋友都很不解，紛紛指責他說：「難道你要一輩子死守這間破殺牛店嗎？為什麼要辭掉這麼好的婚事呢？真是沒出息。」屠牛吐卻回答說，因為齊王的女兒太醜，自己心裡不樂意。朋友們又問他：「你從沒見過國王的女兒，怎知人家的醜俊呢？」屠牛吐說道：「從我自己殺牛賣肉的經驗可以推知。我的牛肉質量好時，只怕肉太少，不夠賣的；當我的牛肉質量不好時，雖然多給斤兩，甚至免費附送別的東西，卻還是剩下很多賣不出去。現在齊王準備豐富的財物要把女兒嫁我，我想大王的女兒一定很醜陋，所以我不情願。」這個故事很有趣，屠牛吐身為一個地位低下的宰牛匠，卻能夠不為富貴名利所引誘，保持住自己的個性和志趣，實屬難能可貴。另外，從這個普通人物身上，也可以看到他頭腦清醒和聰慧的一面，增強了人物的性格美，既可敬又可愛。《韓詩外傳》中，除了記述許多明君、賢臣、勇夫、義士的嘉言懿行外，還留下了一些賢良女子的典型形象。

孟子，是中國文化史上最偉大的思想家之一，是繼孔子之後儒家學派的又一代表人物，後世的封建統治者甚至還冠之以「亞聖」的稱號，與「至聖先師」孔子齊名。這些榮譽和地位的取得是與孟子母親的精心培養教育之功分不開的。作為一位慈母、嚴母，孟母可謂是中國母親的典範。《韓詩外傳》中也有兩則關於孟母的記述，講的是她如何教育兒子做人的故事。頭一則是說孟子小的時候，有一次看到鄰居有錢人家裡殺豬，就回來問母親，好好的一頭豬，那家人為什麼要把它殺死呢？孟母不假思索地隨口哄他道：「殺了豬割肉給你吃啊。」但馬上就對自己這句話後悔自責起來。心想：我十月懷胎，含辛茹苦，席不正不坐，食物不敢亂吃，一直都很重視胎教，就是希望這孩子將來能成器。現在他剛剛懂點事，我卻欺騙他，這不是在教他說謊話、不誠實、不守信用嗎？於是趕緊去鄰家買了塊豬肉，吃飯時做了給兒子吃，以此彌補先前的失言，讓孟子覺得母親並沒有騙他。另一則是講孟子結婚後，有一次從外面回來，進到內室後，發現妻子一個人在屋，衣著隨便，兩腿伸張，像簸箕似的隨便坐在那裡。這副姿態對於當時的婦女，可是大忌諱的事情。於是，當時就轉身去跟母親說妻子無禮，應該把她休了。孟母聽了頗為驚訝：兒媳一向都很賢惠，兒子為何要休棄她呢？仔細詢問一番後，孟母明白了。於是轉回頭來批評孟子道：「原來是你無禮呀，並不是我兒媳婦無禮。禮儀上不是很明白地講了嗎？登堂入室的時候，要人未到，聲先聞，以免倉促間，別人沒有準備；進屋後，要眼睛向下，稍等一會兒，免得別人來不及反應，出現難堪的事。你剛才不聲不響，就冒冒失失地進了內室，令媳婦毫無準備，沒能及時整理儀容，這是你的不是啊，怎能怪她呢？再說，她一人閒處內室，那樣做法，也沒什麼不合禮的。」孟子聽了母親的教誨，就認了錯，不再提休妻的事了。這兩則小故事，主要描繪了一位深明大義、非常慈愛的母親形象，在慈愛裡又透著嚴格，很有生活氣息。雖然作者旨在宣揚儒家教義，但字裡行間處處洋溢著濃厚的情感色彩，又能注意揭示孟母的心理活動，把人物的喜怒表情通過語言折射出來，讀來頗為感人。

「責兒還金」一則，講的是一位母親，教導兒子為官清廉莫貪的故事。有個叫田子的人，在外做小相的官。滿三年後，回家休假，他帶回了黃金百鎰孝敬老母親，並跟母親說這是他做官三年的俸祿。母親不相信，就對他說：你做三年小相，除去吃飯花費，哪能剩餘這麼多錢？一定是貪汙的了，你為官貪財，不是我的孝順兒子。作為孝子，不光要在家孝敬父母，更要在外做事忠誠盡力，報效國家，不丟父母的臉。你現在拿回這些不義之物，對國家不負責，也有損父母和你自己的名聲，真是大不孝，我不認你這個兒子，你還是走吧！受了母親的責備，田子慚愧不已，立即回到官府退還了貪得的金子，並請求國君的制裁。國君被田母的深明大義所感動，不但赦免了田子，還大大獎勵了田子的母親。這個故事敘述平實，但卻告訴我們一個深刻的道理：母親不光哺育了兒子的生命，還在關鍵時刻拯救了兒子的生命和靈魂。看似無情卻有情，至情至愛，正在那看似無情的深沉的關注和嚴厲的責備裡。

與孟母、田母相比，「魏少子乳母」對養子魏少子在危難中所表現的那份責任心和俠義心，更顯得難能可貴，更值得稱道。事情是這樣的：秦國有一次攻打魏國，攻陷了它的都城，抓了滿朝上下許多人，唯獨逃了國君的小公子。於是秦國人下令說，凡能生獲公子的，賞金千斤；知情不報的，誅滅九族。這時，就有人跟小公子的乳母說，你一定知道公子的去處，如能報官的話，有大賞呢。不料乳母竟頗有怒色地正聲回答道：我並不知道公子的下落，就算我知道，殺了我，我也不會說的。作為乳母，為別人撫養兒子，就要盡心盡責地把他養大，而不是讓他早夭。我又聽說「忠不叛上，勇不畏死」，我不能出賣公子，陷他於死地，而自己獨生。於是隨公子一道逃往深山大澤，路上被秦軍發現，乳母替公子掩護，身中十二箭而死。秦王聽說了這事，也深為乳母的大仁大義大勇所震動。

楚莊王是春秋後期一位有名的國君和霸主。他有一位非常溫婉賢惠的王后，叫樊姬。有一天，莊王罷朝晚了點。回來後，看見樊姬早已在門口焦急地等待了。就向她解釋說：「今天聽忠賢之臣的談論，興之所至，竟忘了飢倦。」樊姬頗感興趣地問：「您所說的忠賢之臣是誰啊，竟然能讓大王您忘了退朝的時間？」當聽楚王說是沈令尹時，樊姬忽然用手捂著嘴輕笑起來。莊王很奇怪，問她為什麼笑，樊姬馬上正色答道：「臣妾侍候大王您有十多年了。這些年裡，我經常派人到外地去物色一些美人回來進獻給大王，至今已有十位與妾一起侍奉大王了，並且還有兩位比妾不知要賢惠多少倍呢。我難道不想獨自擁有大王的恩寵嗎？我之所以這樣，正是怕因為自己的私心而妨礙了其他更多更好的女子晉見於大王，娛樂於大王啊。沈令尹做楚相好多年了，但我至今未見他引進多少賢人，斥退多少小人，怎能稱得上大忠大賢呢？」次日早朝時，莊王把樊姬的話跟沈令尹說了，令尹很是惶恐和慚愧，很快就引進了孫叔敖來代替自己的位置。在孫叔敖的治理下，不出三年，楚國就稱霸於天下了。可以說，楚國的稱霸，有樊姬的一份功勞。在封建社會，帝王后宮大多爭風吃醋，嫉妒成性，而樊姬的形象是獨特的，她不僅賢惠溫婉播於後宮，而且才智遠見達於朝廷。

另外「齊景公弓人妻」，是講弓人（做弓箭的藝人）為景公做弓箭，不合景公意，將要被殺時，弓人之妻挺身而出，責君救夫的故事。反映了弓人妻不畏強權、大智大勇的形象。「北郭先生妻」是講楚王重金禮聘北郭先生，北郭先生在是否為官上舉棋不定時，妻子幫他排憂釋難的故事。表現了北郭之妻體諒丈夫、不慕富貴、安貧樂道的美好內心世界。而「魯監門之女嬰」講的是一位普通織線女聽說貴族衛世子不成才，進而預感到他將給國家帶來禍害，因此夜裡向丈夫憂慮而哭訴的故事。讚揚了她的卓越見識和「位卑未敢忘憂國」的赤子之心。

諸如此類的有關賢妻良母的故事，比起那些君臣義士的男人事蹟，讀來別有一番撼人心魄之美。韓嬰把它們單獨記述下來，其實並無意於張揚女性的崇高，提高她們的地位，他畢竟超越不了歷史局限。但唯其如此，才更讓我們覺得《韓詩外傳》中這些巾幗模範的形象彌足珍貴。

淮南王劉長是怎樣死的

淮南王劉長是漢高祖劉邦最小的兒子，他是原來趙王張敖的一個美人所生。漢高祖八年（公元前一九九年）劉邦東擊匈奴，征討韓王信後，回京途中路經趙國暫住歇息，趙王張敖派趙美人侍奉劉邦，不想趙美人竟懷上了身孕。趙王生怕得罪皇上，也不敢把趙美人繼續留在自己的宮中，就另建外宮讓她居住，等生了皇子再作打算。後來趙王的謀臣貫高等準備謀殺高祖的秘密洩露後，趙王一家都受牽連被捕入獄，準備治罪。其中趙美人也一齊被捕來，而這時趙美人就要生產了，她向獄吏求助，獄吏雖然很同情她，但又不能放她出去。她只好求獄吏轉告皇上，說她懷上了皇上的孩子，請求赦免，這時劉邦正在氣頭上，根本不理睬這件事。趙美人有個弟弟叫趙兼，先前曾認識辟陽侯審食其，於是他託審食其向呂后說情，希望搭救他的姐姐，呂后本來對劉邦納妾入姬非常嫉妒，哪裡還會主動去管這種事，所以一口回絕。審食其碰了一鼻子灰，趙兼也無計可施了，趙美人只好就在獄中生下了劉長。趙美人一肚子冤屈，一腔怨恨，想自己為皇帝生了個兒子，沒人侍奉不說，還得在牢獄中生產，越想越氣，一氣之下就自殺了。獄吏只好把剛出生的孩子抱給皇上，高祖一看這孩子生得健壯雄偉，有些像自己的氣魄，後悔不該不管她們母子，於是就把這孩子交給呂后撫養，把孩子的母親厚葬到真定老家。

劉長漸漸長大，他生性聰明，很聽呂后的話，呂后也很喜歡他，把他視做親生的兒子，以至呂后專權時他也未受什麼挫折。

高祖十一年（公元前一九六年）七月，原淮南王黥布造反，經高祖親征，平息了叛亂，殺了黥布，就把少子劉長封為淮南王。劉長從小跟呂后長大，所以，到了淮南才知道自己的親生母親早已死亡。於是他又找到舅舅趙兼，舅父痛說他母親死時的前前後後，劉長聽了非常悲痛，從此以後，他心裡特別恨辟陽侯審食其。因為據傳呂后與審食其有曖昧關係，如果審食其盡力幫助搭救，或許呂后能救劉長母親，所以劉長懷恨在心，定要殺審食其為母報仇。呂后在世時他一直忍在心裡，不敢爆發，呂后死後，他就開始預謀擊殺審食其。

淮南王劉長天生力大無窮，幾百斤重的大鼎他都能舉起來，再加上他生就的一副蠻橫樣子，誰見了都得怕他三分。一天，他袖裡藏了一柄鐵錐，帶了幾個隨從去見辟陽侯審食其，審食其見淮南王來訪，就慌忙整衣整冠上前作揖、問安，豈料一句話還沒說完，就被淮南王當頭一椎擊倒，緊接著淮南王的隨從魏敬用刀把審食其殺死，他們一直看著審食其確實斷了氣，才從容地離去。幾年來淮南王一直心裡嫉恨，伺機為母報仇，今天他終於把辟陽侯殺了，心裡像放下一塊石頭一樣輕鬆，他什麼也不怕了，光著膀子，到朝廷去請求治罪。他歷數了辟陽侯該殺的三條罪狀：「一是我母親不該死而辟陽侯見死不救；二是戚夫人、趙王如意無罪，呂后殺了他們，辟陽侯能救不救；三是呂后大封呂家人做官，想奪取劉家天下，辟陽侯不和呂后鬥爭。為其三條罪狀，我今天殺了審食其，上為民除去一害，下為母親報了私仇，請皇上給我治罪吧！」孝文帝本來對審食其沒有好感，也很同情淮南王的身世遭遇，念他一片孝心，再加上同根兄弟的份，也就沒有給他定罪，赦免了他。

劉長犯罪沒有得到懲處，越來越有恃無恐，他不遵禮法，直呼皇上為「大兄」；和皇上一起打獵，要與皇上同乘一輛車；對大臣們驕橫傲慢，當時上至太后、太子，下至各大臣都很怕他，因此，回到淮南就更加肆無忌憚。在他管轄的範圍內不使用國家統一的法規，而是自定法律，自作主張，他的話就是法律。他出入時還擅自使用皇上的禮儀，簡直就像個天子。文帝聽到後，只顧念手足之親，沒有立即治罪，先令將軍薄昭去信勸告，可劉長不思悔改，他恐怕朝廷查辦，便先發制人，指使大夫但等七十多人，潛入關中，暗暗勾通棘蒲侯柴武的兒子柴奇同謀造反，約定用大車四十輛載運武器，到長安北面的谷口，憑藉那裡的險要地形起事。柴武派了一個因犯罪而削了官職的叫開章的人去與劉長聯絡，讓他南連閩越，北通匈奴，一齊發兵大舉進攻洛陽。劉長聽了很高興，當下把開章留到府中，又給開章娶了妻子，又賞賜了許多財物。開章見升官發財的機會到了，也樂意留在淮南府中賣命，於是又寫了封信派一個隨從向柴奇報告情況。不想派去的人被當地官吏抓住，搜出密信，報告朝廷。文帝雖然很生氣，但還是不忍心捉捕劉長，只命長安尉（管刑罰的官）先去逮捕開章。可是劉長把開章藏匿在家不讓逮捕，當天就與他的幕僚商量把開章秘密處死，以免留下後患，同時偽造開章的靈柩，埋在劉肥（劉邦的兒子）的陵墓中，還寫著「開章葬在此處」幾個字。長安尉知道這是假象，也不去追查，只回長安向皇上報告。

劉長眼裡根本沒有朝廷的法度，他視人命如草芥。他早些時曾無辜殺死一個沒有犯任何罪的人，還滿不在乎地讓地方官吏專門報告說他殺了「無罪者」六人，為什麼要這樣做呢？原來他是為幾個曾經犯死罪、朝廷正在通緝追捕的要犯開脫罪責，好讓他們死心塌地地為自己效力，反正他殺人不用償命。他先後擅自赦免過死罪者十八人，重罪者五十八人，輕罪者十四人，而他隨便給人定罪，別人也不敢告發他。所以劉長越來越膽大妄為，無視朝廷。

一次劉長生病，皇上專門派人去慰問他，並給他送去棗脯等食品，以示關懷，可他都不屑接受，也不去接見使者。南海（指今廣東一帶）一個百姓得了一塊很珍貴的玉璧，上書並獻璧給皇上，劉長的幕僚簡忌把書信燒掉，把璧留在劉長府中。種種不法行為都早已構成重罪，這次造反事洩，也是皇上放縱而造成的，所以，朝廷不得不召劉長到京服罪。劉長因為力量還小，羽毛未豐，只好進京受責。當時丞相張倉、典客馮敬等聯名上奏，堅決要求治淮南王劉長死罪。但文帝畢竟顧全同胞之情，最後還是赦免死罪，削去王爵，發配到四川嚴道縣邛郵安置，並允許家屬同去，由嚴道縣令替他們建造房舍，供給衣食。命令下達，就把劉長押上車，送往四川。

當時有個叫袁盎的人對皇上說：「以前對淮南王有些放縱，沒有派一個得力的大臣輔佐和管教他，致使他成為今天這個樣子，淮南王個性剛直，現在這樣摧殘他，我恐怕他吃不了這個苦，早晚死在那窮鄉僻壤，到那時陛下就得擔個殺死弟弟的聲名了。」皇上告訴袁盎說：「我這樣做也是讓他吃些苦，能改過自新啊！」結果淮南王真的不願吃那份苦，在去四川的途中絕食自殺了。

文采飛揚，晚節不保的主父偃

主父偃（？—公元前一二六年），齊國臨淄（今山東淄博市臨淄區）人，生活於漢武帝時代。漢武帝喜愛賢良文學之士，所以當時向武帝呈獻文章而博得賞識的人很多，例如司馬相如、徐樂、東方朔、終軍、朱買臣等，都屬於這一類人。主父偃也是其中的一位。

主父偃最初學縱橫之術，後來又學習儒家經典，同時採納百家之言，所以他的思想博採眾家，可以說沒有門戶之見。而漢武帝時儒學興盛，尤其是齊魯地區，儒學在政治思想與學術領域中占有絕對的統治地位，因而主父偃在齊國治學，後來做王公貴族的門客時，經常受到正統儒生的排擠。主父偃家裡經濟條件又不好，無人賞識就無以為生。在這種情況下，他只好去雲遊燕趙，想在那裡尋求發展。但是他沒有想到，燕趙同齊魯一樣，也是儒生們的天下。大家一打聽他並不專治儒學，就把他當作「雜牌軍」，甚至還把他看作異類，不敢和他接近。那些諸侯王也不賞識他，其實這些諸侯王並不需要真正有才學的人，他們養門客只是追求時尚，附庸風雅而已。

主父偃的游學之路滿是坎坷，飽受冷落還算其次，日子一久，連生計也成了問題。他意識到，這些王公貴族不賞識他，他也不值得去為他們效力。於是在漢武帝元光元年（公元前一三四年），他離開燕趙，向西南進發，到了京城長安，想辦法拜見了當時的大將軍衛青，他向衛青陳述自己的政治見解，深得衛青賞識。衛青認為主父偃有棟梁之才，便與他結成好友，常常促膝談心，並極力向漢武帝推薦，但沒有引起漢武帝的重視。主父偃在長安滯留的時間越來越長，盤纏也花得差不多了，而前途卻依然很渺茫。使他痛苦的不僅是物質上的匱乏，還有經常遭受的勢力小人的冷嘲熱諷，他們肆意譏笑主父偃的寒酸。當所攜帶的錢快花光的時候，他不得不搬到更便宜的旅舍去住。他仍和衛青往來，但和衛青有往來的別的王公貴族及他們的門客，都對主父偃嗤之以鼻，在門口相遇時，常常是用藐視的眼光打量他一下，然後拂袖而去。

一籌莫展的主父偃終於下了決心，親自上書漢武帝，表述自己的政見和主張。衛青非常支持他，一天早朝替他把奏章呈與漢武帝。恰逢武帝無事，退朝後便拿來幾篇下面呈上的文章，隨意瀏覽。當他讀到主父偃的文章時，看著看著，就被文中對國家大政鞭辟入裡的分析深深地吸引住了。文章大意是：

我聽說賢明的君王不討厭懇切犯顏的諫言，為的是能最大限度地聽取臣民的意見；忠直的大臣不避被誅殺的危險而敢於直諫，為的是能使君王在處理政事時沒有失策之過，從而使治國之功萬世流傳。我不敢因怕犯顏直諫而隱藏忠直之言，所以上書提出愚臣的主張，希望陛下能寬恕我的激切言辭，能體察我的拳拳之忠。

《司馬法》說：「國雖大，好戰必亡；天下雖平，忘戰必危。」古代的君王常因小事而怒髮衝冠，動不動就發動戰爭，使伏屍遍野，血流成河，這樣的做法有什麼好處？聖明的君王在動用武力之前一定要認真地、冷靜地思考。那些窮兵黷武的人，最終沒有不追悔莫及的。秦始皇以強大的武力揚威海內，吞併天下，但征戰不知適可而止，不聽李斯勸諫，派蒙恬北擊匈奴，連戰十餘年，死者不計其數，最終也不能跨過黃河而占據北方。難道是人力不夠？或是武器裝備不好？都不是，而是客觀形勢達不到。全國為戰事轉運糧草，從東海之濱運往西北大漠，一石糧食運到前線，光路費就要支付一百石。全國男子忙著耕田，女子日夜紡織，都供應不上軍需。最終使國家經濟凋敝，百姓饑寒，天下大亂。高祖初定天下，開疆擴地，想擊敗匈奴，御史成勸諫說：「匈奴，像鳥獸一樣聚散，打擊他們像打擊影子一樣難，捉摸不到。現在陛下德威如此之高，去攻打匈奴，有損害威儀的危險。」高祖不聽，最終在平城白登山被圍，此時後悔已於事無補，只得被迫與匈奴和親，才得以解圍。所以，用兵日久，勞苦過重，必生變故，邊境軍民會裡通外國，如秦朝那樣，使國家不安定。《周書》說：「安危在出令，存亡在所用。」希望陛下深思、明斷！

主父偃的奏章，具有西漢前期散文的一些普遍特徵，注意在政治上總結秦亡的教訓；在思想內容上，不像春秋戰國時期的文章那樣執一家之言，有了兼容並包的特點，反映了西漢前期思想統一的趨勢；在文風上，既注重實際，揭露問題，言辭又比較委婉典雅，還留有縱橫家感情充沛、氣勢磅礴的特徵。

主父偃的上書深為武帝賞識，漢武帝任命他為郎中。此後他又多次上書給武帝，其主張都被採納。武帝越來越重用主父偃，一年之中升遷四次，由郎中、謁者、中郎，最後升為中大夫。他針對當時國內重大政治問題，上書給武帝，提出許多切實可行的措施。如允許各諸侯王將領地分封給他們的子孫建立侯國，這樣便分化瓦解了王國的力量，使建國以來一直威脅中央集權的諸侯割據的大問題被穩妥而徹底地解決了；建議將各地豪強遷往茂陵，這樣就保護了中小地主和農民免受兼併，其實也保護了小農自然經濟的發展。可見，主父偃確實是有才能的，先前在齊魯燕趙不被重視，只是明珠暗投而已。

主父偃後來因為擁立衛皇后有功，更成了皇帝和外戚都很看重的人物。大臣們都害怕他，因為皇帝那麼信任他，如果他向皇帝參上誰一本，誰就要倒霉，所以大家都去賄賂主父偃。主父偃是來者不拒，累計收受黃金有千斤之多，有人稱他為「大橫」。主父偃聽了對人說：「我遊學四十多年，而不被重用，屢遭困窘，親生父母不認我這個兒子，兄弟也不願理我，那些和我同為門客的人都瞧不起我，我遭受困厄太久了。大丈夫生不能很好地享受，死了也要下地獄。我現在是老年人了，再不撈一把就沒機會了，所以只好倒行逆施，不遵常理盡情享受。」

主父偃的地位迅速上升，他本人的欲望也隨之膨脹。他是齊人，欲與齊王家通婚，被拒絕，主父偃便藉機報復。元朔二年（公元前一二七年），主父偃上書彈劾齊王有淫行。皇帝就拜他為齊相，讓他到齊地監督齊王。主父偃重回齊地，可謂衣錦還鄉，以前的親朋早在很遠的地方等著迎接他。把政務安頓好之後，主父偃把這些人都召集到一塊兒，對他們說：「我貧賤之時，弟兄不給我衣食，朋友將我拒之門外；現在我做了齊相，你們殷勤得恨不得到千里之外迎接我。我命人將五百斤黃金分給你們，我與各位的交情從此一刀兩斷，你們誰也不必再來找我了。」

主父偃做了齊相後，立刻查辦齊王與其姐通姦的事，齊王認為難以逃脫制裁，便自殺了。當初曾冷落過主父偃的趙王怕主父偃將來加害自己，便藉機上書告主父偃收受賄賂，並誣陷主父偃建議各王國分封侯國，是因為收受了各侯國的錢財。武帝大怒，將主父偃下獄。大臣公孫弘堅持認為齊王自殺是主父偃逼迫的，不誅主父偃難以告慰天下。於是主父偃一家被誅滅。

主父偃是諍臣、能臣，但他收受賄賂，晚節不保，最終為人所害，也是理之必然；不過，他詣闕上書的奏章卻是一篇出名的文章，是漢代散文中的一顆明珠。

今文經學大師董仲舒

漢武帝時期，有個今文經學大師董仲舒，他提出了「罷黜百家，獨尊儒術」的主張，開此後二千多年以儒學為正統思想的先河。

董仲舒（公元前一七九－公元前一〇四年），廣川（今河北棗強縣東）人，出生在一個大地主家庭。他的青少年時代，是在西漢文帝、景帝時期度過的。據說他自幼便養成兩耳不聞窗外事、一心只讀孔孟書的習慣，特別是對儒家經典《春秋》，更是潛心鑽研。他家房後有個小花園，他三年沒進去一次，號稱「三年不窺園」。漢景帝時期，董仲舒獲得了「專精於述古」的聲譽，當上了「博士」。他的弟子眾多，輾轉相授，有的都沒見過他的面。

文景時期的博士並不限於儒生，但是儒家學說卻越來越占據優勢。武帝劉徹即位的頭一年，即建元元年（公元前一四〇年），漢武帝下了一道詔令，要各地方長官推薦天下賢良文學之士到長安獻計獻策，董仲舒被舉為賢良。武帝親自命題，徵求賢良文學之士對於國家大政方針的看法，董仲舒一連上了三篇奏章，統稱〈舉賢良對策〉，回答武帝的策問，系統地闡述了董仲舒的哲學思想和政治主張。

〈對策〉寫道：當今天下人們所學的理論不統一，人們的觀點便不同。各家皆持一己之見，主張存在著很大差異，因此造成朝廷難以定一統，法制屢次變化，使下屬不知道何所依從。因此，閉塞那些不學習六藝和孔子學說的人的仕途，才能廢止其他各家異說。尊崇儒家學說，以儒家學說為唯一的指導理論，才能求得全國民眾思想的統一。所以大力彰顯六藝，弘大儒學，維護皇家法度的尊嚴，是治國的根本方針。這一主張得到武帝的讚賞，於漢建元五年（公元前一三六年）興辦太學，設置五經博士，即講授《詩》、《書》、《易》、《禮》、《春秋》五部儒家經典的學官。

漢代以前的儒生傳經，大都是師徒口耳相傳，到了漢代才用當時通行的隸書將經文著於竹帛上，所以叫作今文經。董仲舒專治《春秋公羊傳》，是武帝時期的《春秋》經博士。他以儒家宗法思想為中心，雜糅陰陽五行說，將神權、君權、父權、夫權貫穿在一起，形成一套封建倫理體系，最適合統治者的政治需要，在當時影響很大，他自己也成了今文經學的代表人物。五經博士設置後，朝廷規定為博士配備弟子，每經十人，全國博士弟子共五十人，並規定博士弟子可以免服徭役，治經優良者還可以做官。由此，讀書人爭相作為博士弟子，今文經學日益興盛。

董仲舒在〈對策〉中還提出了他的「天人感應論」的唯心主義世界觀。他認為天是有意志的，天創造了萬物，主宰了萬物，皇帝受命於天，並按照天的意志進行人間的統治。如果人君暴虐無道，天就會降災異來警告他，甚至奪去他的皇位。這表明上天對君主非常慈愛，願意幫助君主制止禍亂，只要不是壞到極點，上天都希望加以扶持保全。所以君主應當強化自己奉行天意的意識，著重教化統治，輔以法治刑殺，用自己的模範行動影響朝廷百官以至萬民，興辦學校，用仁義禮教養成良好習俗，消除秦王朝苛政的流毒。這樣，上天就會降下吉祥的徵兆，國家就太平了。

〈對策〉還宣傳「天道不變」的觀點。治理國家的根本原則——道，是聖人取法上天而制定的，本來是永恆的。然而，有些王朝出現了弊端，那是由於違背了道。所以後繼的王朝就需要糾偏補弊，但這只是改革具體體制，並不變動根本原則。因為帝王統治的秩序和倫理道德是從天那裡來的。天是不變的，帝王統治的秩序和倫理道德當然也是不變的。古今沒有區別，朝代的更替只是循環往復。這種「天不變，道亦不變」的理論，是以宣揚封建統治天長地久為目的的。

董仲舒的新的儒家學說，逐步發展成為我國封建社會的主要理論。一方面他以儒學為體，配合陰陽五行學、黃老刑名和其他各家學說，創造了完全適合地主階級統治需要的今文經學；同時，也由於漢武帝採取誘導鼓勵其發展的方針，不用粗暴禁絕的強制手段，比較適合學術思想鬥爭的規律，所以儒家學說得到流行。它適合政治、經濟發展的要求，對於鞏固國家統一，防止暴政，緩和對農民的剝削壓迫，有著積極作用；同時，對後世中華民族文化的形成，也有重要的作用；在社會習俗、倫理道德等方面也產生了深遠的影響，這對鞏固封建統一帝國的意義十分重大。當然，作為一種剝削階級的思想體系，它的消極影響也是不可低估的。東漢時，著名的唯物主義思想家桓譚、王充等人首先認識到了這一點，他們勇敢地站出來，對以董仲舒為代表的唯心主義進行了有力的批判。

董仲舒被西漢儒生稱為群儒之首，著作頗豐。但可以作為散文來加以研究的只有〈舉賢良對策〉三篇、〈乞種麥限田章〉、〈高祖廟園災對〉、〈雨雹對〉、〈郊祀對〉等數篇。董仲舒的散文在藝術方面一改賈誼、司馬相如等漢初文章的那種豪邁雄放、氣勢磅礴，而轉為一種溫文爾雅，侃侃論道。他引經據典，深奧宏博，有條不紊，從容舒緩，給人以醇厚典雅之感。劉熙載在《藝概．文概》中說：「秦文雄奇，漢文醇厚。大抵越世高談，漢不如秦；本經立義，秦亦不能如漢也。」董仲舒的文章就屬於「溫雅」、「醇厚」的類型，他在漢代散文文風方面的影響是很值得重視的。

鳳求凰：司馬相如與卓文君

漢代辭賦家司馬相如與女才子卓文君結為連理，至今傳為佳話。

司馬相如不僅好讀書擊劍，善為辭賦，而且精通音律，彈得一手好琴。景帝初年他是武騎常侍。景帝不好辭賦，因此也不看重司馬相如。一年梁孝王來朝，隨行的還有鄒陽、枚乘、莊忌等文士，梁孝王愛招攬文士，相如一見如故，便藉口有病辭去武騎常侍之職，去做梁孝王的門客。與鄒陽等人相處數年，寫了〈子虛賦〉。後來梁孝王去世，相如決定歸蜀，因為家貧，投奔了臨邛令王吉。

臨邛（今四川邛崍）有家富豪叫卓王孫，他家的家奴就有八百多人。卓王孫素與臨邛令交往，現在聽說司馬相如作為王吉的客人來到了臨邛，他也想見見這位有些名氣的青年才子，同時，他也想讓司馬相如認識認識他——臨邛的卓王孫可是方圓幾百里的大名人啊！

卓王孫請方士算好吉日後，便向臨邛的官吏、富商、地主以及親朋下了請帖，邀請他們都來家裡參加盛大宴會。卓王孫還特地邀請王吉和司馬相如兩人以貴賓身份參加。

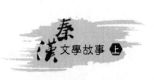

卓王孫有個女兒，名卓文君，時年芳齡十七歲。她喜好琴棋書畫，酷愛舞文弄墨，但已成新寡。一天晚上，文君正在繡樓彈琴，卓王孫笑呵呵地走了進來。文君急忙起身把椅子推了推說：「爹爹請坐吧！」卓王孫坐下後，文君忙著給爹爹沏茶。

卓王孫捋了捋鬍鬚，微微點點頭說：「我女兒的琴可彈得越來越好了啊！」卓文君微笑著說：「爹爹淨胡誇，女兒可覺得沒有長進。」卓王孫說：「爹爹今天來是想和你借一樣東西。」文君說：「爹爹需要什麼儘管自己拿，怎麼能說藉呢？」

卓王孫說：「爹爹是想藉你的古琴，你肯借嗎？」文君笑著說：「爹爹又不會彈，藉琴幹什麼？不是說笑話吧？」卓王孫說：「好女兒，爹爹不會彈琴，可有人會彈，爹爹是給別人借的。」文君說：「琴是女兒的心愛之物，女兒一向是不出借的，爹爹你也是知道的呀！」卓王孫說：「爹是知道，可是——可是這個人可不一般呵！」文君說：「女兒不管是誰，一概不借！」卓王孫著急地從椅子上站起來，搓著手說：「好女兒，爹爹明天要請司馬相如來，聽說他是風流才子，琴也彈得好。另外，爹爹也是想在眾人面前露露臉，讓他們也見識見識咱家這把傳世的寶貝古琴。」文君笑著說：「既然是這樣，女兒就借爹爹一次，不過得答應女兒一個條件。」卓王孫滿臉堆笑：「女兒有什麼條件，儘管說吧，爹爹依你就是了。」文君說：「女兒讀過司馬相如的文章，辭藻華美，汪洋恣肆，女兒也想見見這位才子，也好當面請教。」卓王孫面露難色說：「女兒不可見他，聽說他一向風流倜儻，萬一對女兒有什麼非禮之舉，豈不讓人笑話。」文君想了想說：「那女兒就在簾內瞧他一眼，聽聽他的琴，總行吧？」卓王孫嘆了一口氣說：「也罷！明天你就在客廳小門的簾內聽聽，不許你進去，記住了。」文君點點頭說：「女兒記下了。」

第二天，卓王孫門前車水馬龍，好不熱鬧，來赴宴的有三四百人，卓王孫在廳前迎接客人。他不斷地領首抱拳，客人們也頻頻向他點頭作揖。

卓王孫在大客廳擺下了豐盛的宴席，山珍海味、各種點心、上好的美酒令人大飽口福。宴會從中午開始一直進行到太陽西斜，席散後，丫頭們又走馬燈似的端來了各種瓜果和茶水，客人們一邊喝茶，一邊聊天。

卓王孫臉色通紅，顯然是喝多了。他走到司馬相如面前，坐下來。王吉對卓王孫說：「卓翁兒，這位就是當今辭賦才子、成都司馬相如公子，年輕有為之人啊！」卓王孫深深地點點頭說：「久聞公子大名，今日一見，果然有才有貌，老夫不懂文章，只是聽說公子彈得好琴，唱得好歌，今日不妨請公子給諸位彈唱一曲，如何？」王吉點頭附和說：「我也正有此意，卓兄主意甚好。」他回過頭對司馬相如說：「公子意下如何？」周圍眾人都嚷嚷說：「公子彈唱一曲吧！公子彈唱一曲吧！」司馬相如見此情景，也不推辭便說：「好吧！」

卓王孫吩咐家人：「拿琴來！」家人早把琴安放好。司馬相如坐在琴邊，看著琴，只見琴身光潔，一塵不染，還微微閃著翠綠色的光芒。他還隱隱聞到琴身上散發著一股沁人的幽香。司馬相如早聽說卓王孫有一才女叫卓文君，且長得十分標緻，看到這琴，司馬相如心想：這一定是卓小姐的愛物了。他邊撫摸琴身邊自語說：「好琴，好琴！好琴啊！」

卓文君早已在客廳小門的簾內。她看到司馬相如果然英俊瀟灑，看到他撫琴，聽到他讚琴，心中一陣暗喜，愛物及人啊！

卓王孫卻早已等得不耐煩了，他說：「公子！快彈唱吧！我們都等著聽你的琴歌啊！這琴——這琴本來就好嘛！」

「爹！你說什麼呀！」卓文君在簾內聽到她爹爹催司馬相如的話，情不自禁地喊出聲來。

人們都朝簾內觀望，司馬相如抬頭，隱約看到簾內有一女子，他心裡明白：這就是卓文君了。

司馬相如心中頓時燃起了熊熊的愛情烈火，他想起了烈火中的鳳凰，於是他的指尖在琴弦來回舞動……只聽他邊彈邊高歌：

鳳兮鳳兮歸故鄉，遨遊四海求其凰。時未遇兮無所將，何悟今兮升斯堂！有豔淑女在閨房，室邇人遐毒我腸。何緣交頸為鴛鴦，胡頡頏兮共翱翔！

凰兮凰兮從我棲，得托孳尾永為妃。交情通體心和諧，中夜相從知者誰？雙翼俱起翻高飛，無感我思使余悲。

司馬相如在歌曲中唱出了對卓文君的無限傾慕，他在歌中把自己比作鳳，把卓文君比作凰，並隱含讓卓文君夜間幽會，遠走高飛。

司馬相如的〈琴歌二首〉深切地表達了作者對愛情的大膽追求，這在婚姻完全由「父母之命，媒妁之言」決定的封建社會中是極其值得稱道的。司馬相如和卓文君通過琴歌自由結合。這在當時的社會中確屬不易，所以，一曲〈鳳求凰〉從漢代一直傳到今天。

在藝術水平上，〈琴歌二首〉文采靡麗，清新明快，從中可以看出漢樂府民歌對騷體傳統的繼承和發展。

司馬相如一曲琴歌唱完，大家都拍手叫好。卓王孫也點頭合掌說：「好！好！」

卓文君聽得臉上泛起了陣陣紅暈，她被司馬相如熱烈愛她的情感深深感動，她深深陶醉了。她真想跑出簾外，撲進司馬相如的懷抱，一起享受愛情的喜悅。她聽到司馬相如約她半夜去幽會，隨後一起比翼高飛，心裡暗暗作著打算。

司馬相如從卓王孫家回到自己的住所後，盼望著時間快點過去，他盼望著半夜能等到卓文君。時間卻好像過得特別慢，好不容易天才黑下來了，他茶不思，飯不想，只是佇立在門外觀望著。

卓文君回到自己的閨房梳洗打扮完，也等待著天黑。她讓侍女打聽好司馬相如的住處，她要去投奔她的心上人。半夜，卓文君讓她的侍婢帶路，向著司馬相如的住所奔去。

二人相攜私奔到了成都，暫時居住下來。而此時的司馬相如，窮困潦倒，家徒四壁，錢用完了，就賣東西，連他最珍貴的鷫鸘皮袍都賣了。後來，他們夫婦實在窮得沒辦法，就只好又回到了臨邛，把他們的車馬都賣掉，弄了些本錢開了一個小酒店，文君坐櫃檯賣酒，相如圍起圍裙自為堂倌，端盤洗碗。卓王孫本來因女兒幹出那樣的醜事已氣了個半死，不想他們又回臨邛來丟人現眼，他感到羞恥，氣得幾個月不出家門。他恨女兒這個賤骨頭，敗壞家風，給他丟臉，發誓死也不給他們家一分錢。後來經朋友們再三勸解，說司馬相如雖然窮，但他是個才子，將來定會出人頭地的，這樣左說右說，才說動了卓王孫，給了文君和相如錢財百萬，僕人上百個。於是相如夫婦又回到成都，買田修宅，過起了富人的生活。

景帝死後，武帝繼承了皇位。漢武帝是個雄才大略而又喜歡文藝的皇帝。一次他偶然讀到了司馬相如的〈子虛賦〉，大加讚賞。不久，皇帝就封他為郎（皇帝的侍從），後又提拔為中郎將（監管皇帝護衛隊的官）。

司馬相如有了地位後，就準備聘一個茂陵（今陝西興平縣）女子做妾，卓文君聽到這個消息，非常悲傷，認為司馬相如是個負心的人，所以就作了〈白頭吟〉這首詩和他斷絕關係：

皚如山上雪，皎若雲間月。聞君有兩意，故來相決絕。
今日斗酒會，明旦溝水頭。躞蹀御溝上，溝水東西流。
淒淒復淒淒，嫁娶不須啼。願得一心人，白頭不相離。
竹竿何嫋嫋，魚尾何簁簁。男兒重意氣，何用錢刀為！

詩中以一個女子的口吻說：愛情應該像高山上的白雪那樣純潔，像雲間的月亮那樣光明，不容任何一點不乾淨的東西去玷汙，不容任何邪穢的東西摻雜。它是至高無上的，它是神聖而聖潔的。但是她的愛人卻見異思遷，中道變卦，她萬萬沒有想到會有這樣的結果。她想，當初嫁給他時，一往情深想的只是白頭到老，永遠相愛，可這美好的夢想破滅了，她的心也碎了。但她畢竟是一個感情豐富的女子，她想到今天的聚會是最後的聚會，而明天的分別是痛心的分別時，心中不免波瀾起伏，千迴百轉。所以，她的話語中流露出了纏綿悱惻、不能割捨的情感。她說：「當我們明天分別後，在溝上徘徊著，慢慢走開的時候，我們兩人也將像溝水一樣東西分流，永遠地分開了。」她預想到了離別時撕心裂肺、肝腸寸斷的場面，她的語言儘管那樣強硬，但她感情的絲絮卻難以割斷，話語中分明流露出了希望愛人回心轉意、破鏡重圓的情感。而女人們的命運往往是不幸的，「想一般女子們出嫁時，都要傷心地啼哭，其實根本用不著哭哭啼啼，只要嫁得一個愛情專一的人，白頭到老，永不分離，就是無比幸福的了。」出嫁時的啼哭是沒有更深體會到人生複雜時的啼哭，像她現在這樣的遭遇才是真正悽慘的，是初出嫁時的人難以體會到的啊！

司馬相如讀了那情真意切的詩句，幡然醒悟，打消了娶妾的念頭，從此夫妻二人和睦如初。司馬相如死後，文君還寫了一篇誄文紀念他。文君不單是個美人，也是一位忠於愛情的女文學家，她的詩文外表溫柔，但內含熱情，和她的性情是一致的。

金屋藏嬌的長門一賦

歷史上的陳皇后並非一般人物，她是武帝（公元前一五六—公元前八七年）的皇后，有名的「金屋藏嬌」故事的女主角。

陳皇后是武帝姑母長公主嫖的女兒，小字阿嬌。自幼與武帝青梅竹馬，兩小無猜。武帝四歲時就被立為膠東王。有一天，長公主帶著阿嬌來到膠東王府，膠東王劉徹（即後來的漢武帝）正好站在他母親王美人的身邊。長公主順手把他抱起來放在腿上，撫摸著他的頭逗他：「兒欲得佳婦乎？」劉徹瞅著姑母的臉哭著不說話。長公主故意指著身邊的幾個宮女，問他中意不中意，他都搖頭表示不中意。於是長公主指著自己的女兒阿嬌問劉徹。誰知劉徹馬上回答：「若得阿嬌為婦，當為金屋藏之。」長公主聽罷，開懷地大笑起來。於是，她抱著劉徹，來到劉徹的父親景帝面前，當著景帝的面把劉徹的話複述了一遍。景帝很是詫異，於是就同意了這門親事。結果阿嬌在很小的時候就成為膠東王妃。由於這層關係，阿嬌的媽媽長公主，就認真地栽培劉徹。她以自己的特殊身份，終於說服景帝廢掉了太子劉榮，在劉徹七歲時將他立為太子。漢武帝兄弟十三人，他排在第九位，他能被立為太子，長公主是出了很大力氣的。於是，在劉徹十七歲即位的時候，阿嬌也就順理成章地成為武帝的皇后，開始了盛極一時的尊寵生涯。但好景不長，由於阿嬌婚後長期無子，武帝漸漸有了不滿。

武帝的姐姐平陽公主為了使武帝早得貴子，早就開始為武帝物色新的配偶了。有一天，平陽公主將物色來的良家婦女十幾人打扮起來，一一喚出，供武帝挑選。結果武帝都不中意。喝酒的時候，平陽公主又喚出一班歌女助興。其中有一個叫衛子夫的歌女長得漂亮出眾，美目流盼，歌聲動人，武帝一見，大為傾心。當天夜裡就將衛子夫帶入宮中。陳皇后見到後醋意大作，終於迫使武帝將她打入冷宮。一年之後，武帝打算把長期受冷落的宮妃放還民間，衛子夫終於得到再見武帝的機會。面對武帝，她流著淚請求武帝放她回家。武帝又是慚愧又是愛憐，於是又把衛子夫留在宮中。不久，衛子夫懷孕了，武帝對她更是恩寵備至，陳皇后逐漸被冷落到一邊。驕縱的陳皇后哪裡能夠接受這樣的現實，她找到武帝，和武帝理論，結果被武帝以不能生子為由擋了回去。憤怒的陳皇後迫於無奈，只好重金聘請醫生醫治，前後用錢九千萬，也無濟於事。陳皇后絕望了，她幾次自殺都沒成功。後來，她又想除掉衛子夫這個禍根，可惜漢武帝防範甚嚴，陳皇后終於未能找到機會。陳皇后也因此遭到了武帝的嫉恨，被徹底冷落在一邊。

萬般無奈的陳皇后，只得求助於巫術。她請來一個叫楚服的巫女，請她設壇作法，促使武帝回心轉意。但是這一次陳皇后卻犯了一個致命的錯誤：她低估了武帝對這件事的反應程度。如果說，武帝過去出於不得已的原因曾多次容忍她，是給了她很大面子的話，那麼這次武帝就不能原諒她了。武帝知道這件事後，派人窮追不捨。楚服被問成死罪，砍頭示眾，另有三百多人受株連而死。陳皇后自知罪責難逃，日夜惶恐不安。果然，武帝在處理完其他人之後，將矛頭指向陳皇后，結果陳皇后的冊封證書被收了回去，皇后印璽被剝奪，結束了頗為榮耀的過去，被打入冷宮。

客觀地說，武帝對陳皇后的處理，有點小題大做、借題發揮。因為事件的發生，陳皇后的驕縱固然是一個方面，但我們也不難看出武帝在整個事件的前後所扮演的角色。可以說，正是這個「茂陵劉郎」的喜新厭舊、用情不專，才引起了陳皇后的過度反應，並最終導致了有失皇統體面的事件的發生。從這一點上說，陳皇后從一開始就處於與武帝不平等的地位，陳皇后成了武帝（確切地說是皇權政治）的犧牲品。

廢居長門宮的陳皇后，心情是可想而知的。思前想後，她痛悔不已。她聽說司馬相如是當今才子，寫得一手好賦，就派人送去黃金一百斤，請司馬相如代她向武帝剖白情意，表達她的思念之情。司馬相如在了解了事情的原委後，揮筆疾書，寫成了有名的〈長門賦〉。賦中他描寫了陳皇后被廢後失魂落魄、愁腸百結的境況。作品首先描寫了陳皇后在冷宮中苦苦的等待，她「修薄具而自設」，「期城南之離宮」，繼而登上蘭台極目遠望，但她的希望落空了，她只能眼看著成雙成對的孔雀相依相伴，而沒有一絲安慰。於是，她從蘭台返回宮中。然而觸目所見的雕梁畫棟，只能引起她的痛苦。陳皇后深深感到了失落，「日黃昏而望絕兮，悵獨托於空堂」。為了驅除難熬的寂寞，她操琴自娛，但剛彈了一會兒，她就再也彈不下去了，她掩面哭了起來。此後，她恍恍惚惚進入夢鄉。夢中，終於見到了日思夜想的君王，但驚醒之後才發現，那不過是自己的想象。「魂若君之在旁，惕悟覺而無見兮」，生動地表現了陳皇后失魂落魄、神情恍惚的境況，可謂專制時代一切不幸宮妃的寫照。

據說陳皇后拿到賦後，每天讓宮女在宮中大聲朗讀，希望武帝能夠聽見。但遺憾的是，武帝並沒有在意她的舉動。她被武帝徹底地拋棄了。可憐陳皇后一腔熱情，滿腹心思，到底沒有換來武帝的一點憐憫，她最終還是淒涼地死去了。一代皇后的悲慘結局證明了專制政治的冷酷無情，也注定陳皇后等人的悲劇命運，這種命運是不會因為一篇宮怨賦而有什麼改變的，哪怕這篇賦是出自於才高八斗的司馬相如之手。

劉安得道成仙的傳說

淮南王劉安（公元前一七九—公元前一二二年），是高祖劉邦之孫，父親劉長為淮南王。文帝時，劉長恃勢胡為，驕縱不法，暗中結交匈奴企圖發動叛亂，事情敗露後，被降爵發配四川，途中絕食而死。文帝三分其國，封給劉長的三個兒子：劉安襲號淮南王，劉賜為衡山王，劉勃為廬江王。劉安此時十六歲左右，喜歡讀書，擅長彈琴。他以王者之尊招致文人、方士達幾千人，作了《內書》二十一篇，另有許多篇《外書》。《中篇》八卷則專談黃老神仙之術，篇幅竟至二十多萬字。後世稱為《淮南鴻烈》或《淮南子》。

劉安熱衷於求仙訪道，凡是談道術的書，他不惜千金也要買回來；凡是聽到有名的道士、術士，他也不惜重金聘請來。由於他對仙道的一片精誠，所以，有一天有八個眉鬚皆白的老人就來到他的門口求見。守門的人趕快告訴了劉安，劉安想試試八位老人是否有真本事，他暗暗讓門官以他本人的身份、口氣向幾位老人提出一些問題，試試真假。門官出來對幾位老人說：「我們王爺雖然好客，但總還是有一定要求的，第一他是想求長生不老的方法；第二是想求得一些學識淵博、經綸滿腹的大儒、道學家；第三是想招來一些力大無窮、勇敢英武的壯士。現在看您幾位先生都已老了，頭髮都白了，似乎也沒有長生不老的技術，又沒有勇猛的武力，也不像是能深入研究古代典籍、提出獨到而高超觀點的學者，這三方面都不行，有別的什麼能耐，我也就不好向王爺通報了。」八位老人笑著說：「我們聽說你家王爺能禮賢下士，謹慎修養自身，即使有一點點長處的人，也沒有不招來的。古人有為了得千里馬而不惜重金買馬骨的故事，我們幾個人雖然年齡有些大，不合王爺的要求，但是也可通過我們幾個人引來更多有本事的賢人，為此，我們還是想見一見王爺，就是沒什麼益處，但也不會帶來什麼壞處，怎麼能以年齡大而嫌棄我們呢？如果王爺認為年輕才是有學問或身懷絕技的人，頭髮白的就是沒用的老頭，那恐怕不是沙裡尋金、石中採玉地精誠求賢。既然嫌我們老，那麼我們就年輕年輕。」說話間，八位老人都變成了少年，年齡看上去就是十四五歲的樣子，頭髮烏黑，臉色紅潤，就如桃花一樣鮮嫩。門官大大吃了一驚，忙跑到裡面向劉安報告，劉安一聽是真正的仙人來到了，忙得連鞋都未顧得上穿，就赤腳跑到他修建的「思仙台」上，張開錦緞的床帳，在象牙雕飾的床上鋪好被褥，燒香叩頭，請八位仙人進殿。八位仙人進殿後，劉安恭恭敬敬地行了學生禮，請八位仙人上座，面向北再次叩拜，說：「我是個凡夫俗子，從小喜歡道術，可是讓世俗的事務纏身，總不能親自擔著書箱親自到山林裡求仙訪道，但日夜思念神仙，求賢若渴。以前也許因為我的精誠還不夠，思仙的心還不夠迫切，或是沐浴不淨，所以一直沒有遇到仙道真人，沒想到今天眾位仙人屈尊降臨寒舍，是我命中該得到您們的恩惠，受到您們的提攜。我驚喜交加，不知如何是好，只求道長垂憐我的一片苦心能教授我道術，使我能像蛾子添上鴻鵠的翅膀一樣衝天而飛。」聽著劉安的祈求，八個兒童又恢復成為老人。他們告訴劉安說：「我們八個人雖然說還淺薄，但總算是先學了一步，聽說王爺喜歡招徠賢士，所以不揣淺陋，特地來投奔，不知你想學些什麼？」接著八位仙人向劉安介紹了他們的本領，他們有的能呼風喚雨，移山填海，劃地為河，撮土為兵；有的能驅使神鬼，隱形換貌，乘雲駕霧，踏浪跨海；有的能千變萬化，改變物象，移宮走屋，點石成金。劉安聽了非常驚喜，甚至高興得有些緊張，生怕八位仙人一眨眼就飛走，須臾不離八仙，每天早晚拜會，謹慎侍候。八仙讓他一一見識了他們所介紹的本領，都和說的一樣，沒有半點虛誇，劉安喜出望外，更加敬重八老。於是八老傳授給他三十六卷煉丹燒藥的經書，劉安按著八老的傳授，每天早起晚睡，謹慎從事，慢慢地，真把藥煉成功了。還未來得及服用，太子劉遷造出一番事端，招來了殺身之禍。

原來劉遷素好擊劍，自認為無人能敵，有一次他聽說府中郎中（管宮門守衛的官）雷被善於擊劍，就硬要與他比試。雷被再三推辭，不肯答應，只好躲閃應付，可一不小心，竟然失誤刺傷了太子。太子突然翻臉動怒，雷被非常恐懼，生怕太子找個藉口殺掉他，他苦思冥想，無計可施。過了一些時候，他聽說願參加征戰匈奴的人可到長安報名，真能這樣就可遠遠離開這裡，免遭不測。於是雷被請求遠擊匈奴，以功補過；而劉安不願雷被走，所以就沒有答應雷被的請求。這樣一來，雷被更加害怕，他懷疑劉安父子要和他過不去，於是就逃到長安，上書朝廷說明情況。按規定禁止參軍打擊匈奴，當判死罪，但武帝一向尊重劉安，只削去淮南王管轄的兩個縣算是懲戒，從此劉安很嫉恨雷被。當時王宮中還有一位叫伍被的人，也曾得罪過劉安，劉安一直沒有處分他，他也小心翼翼，時刻提防，生怕哪一天劉安突然殺掉他。他想與其這樣提心吊膽，不如以攻為守，先發制人。於是與雷被合謀，告發劉安謀反。朝廷立即派人查辦。元狩元年（公元前一二二年）劉安被迫自殺，受株連者數千人。

然在傳說中，劉安的歸宿卻是另外一種情況：劉安謀反事洩露後，一時無計可施，這時八位仙人對劉安說：「是你升天的時機到了，如果沒有此事，一天天拖下去，還能離開塵世嗎？這是上天打發你離開俗世。」於是，八仙讓劉安趕快服藥，並登上高山做了大祭禮，把金子埋在土中，飄飄悠悠地升天去了。據說八仙踏在山上的腳印，人們幾百年後都還能看到。

劉安與八仙駕雲而去，他還很惦記那些跟隨他多年、相處深厚的一些人，追悔自己牽連了他們。他問八位仙人能否搭救這些人，八仙告訴他最多只能救五人，於是把對自己忠心不二，與自己情感篤厚的左吳、王春、傅生等人帶到玄洲，事過之後又送回他們。武帝本來喜歡仙道，聽說傅生等隨仙去而返回，親自召問前後經過，聽完後感嘆地說：「如果我也像淮南王那樣能成仙，我看放棄天子之權，就像脫去一隻鞋子一樣不可惜。」人們還傳說八老與劉安臨走時留下一些盛藥的用具放在庭中，被雞犬舔食後，也都升天了，所謂「一人得道，雞犬升天」，這句話竟成為後世的一個成語。

《漢書》中立傳的朱買臣羞妻

朱買臣，字翁子，會稽吳（今江蘇蘇州）人，與當時較為有名的賦家莊助有同鄉之誼。後來，朱買臣也正是依靠這份同鄉情誼，被莊助引薦，從而發達起來的。

朱買臣家境貧寒，自幼年起就不得不靠打柴換錢糊口。但他非常喜歡讀書學習，利用一切機會尋師訪友，堅持自學。經常一邊肩挑著木柴趕路，一邊嘴裡唸唸有詞，高聲誦讀，旁若無人，如痴似狂，全然不顧路人的恥笑和冷眼。他的妻子難以理解朱買臣的這種行為，覺得他是「窮酸」，丟人現眼。於是，就多次勸朱買臣擔著柴走路的時候不要邊走邊唱，以免讓別人恥笑。朱買臣對此毫不理會，反而越是勸阻，他就越加提高聲調吟誦。

終於，他的妻子實在忍受不住朱買臣的這份「窮酸」，覺得臉面全讓朱買臣丟盡了，便要求跟他離婚而改嫁他人。朱買臣不但沒有發怒，反而笑著勸他妻子說：「我年五十當富貴，今已四十餘矣。汝苦日久，待我富貴報汝功。」可他的妻子卻不屑一顧，說：「如公等，終餓死溝中耳，何能富貴？」朱買臣見實在挽留不住，也只好讓她改嫁了，只是勸她日後不要後悔。他的妻子改嫁後，有一次和丈夫一起到墓地上墳，又看見朱買臣擔著柴邊走邊唱，飢寒交迫，心裡頓生惻隱之情，就把朱買臣叫過去，給了他一些吃的東西。

常言說：「天道酬勤。」這話後來真的應驗在朱買臣身上。有一次，會稽郡的一名小官吏要去長安，就讓朱買臣幫著趕車，一起來到京城。在京城裡，朱買臣曾試著給朝廷上過書，但卻沒有任何答復。後來幾經周折，他跟會稽同鄉莊助攀上了關係。莊助當時正為喜好辭賦的漢武帝所寵幸。經過莊助的引薦，漢武帝召見了朱買臣，並聆聽他講解《春秋》和《楚辭》。武帝認為他很有才華，於是就拜他為中大夫。從此，朱買臣一步步走上仕途，實現了他「五十而富貴」的夙願。

當時，朝廷正在北方邊境新建朔方郡，大興土木，耗費很大。御史大夫公孫弘認為此舉沒有什麼意義，白白耗費資財，就多次勸諫武帝。武帝新得朱買臣，有意要試試他的才華，就讓他和公孫弘就此事展開辯論，探討一下修築朔方郡的利弊。朱買臣就築朔方的益處，一連提出十個問題，結果把公孫弘問得啞口無言，回答不上來，只好認輸。朱買臣初戰告捷。

然而，仕途上凶險莫測。由於一件很小的事，朱買臣被免除一切官職。他只好滯留長安，到處遊蕩，落魄不堪。直到東越叛亂、武帝甚感頭疼的時候，朱買臣再次靠智謀重獲重用。他對武帝建議說：「從前東越王據守著泉山，一夫當關，萬夫莫開，現在聽說東越王向南遷移了，距離泉山約五百多里。如果我們乘機派兵從海路繞過去，先占領泉山，然後乘勢而下，攻擊東越，一定會勢如破竹，馬到成功的。」武帝很贊同他的見解。為了建造樓船、儲備糧食、製作水戰兵器用具，擊破東越，便任命他為會稽郡太守，並且對他說：「一個人富貴了而不回歸故鄉，就好像穿著華麗的衣服卻在晚上走路一樣，難得風光。現在我讓你榮歸故里，你看怎樣？」朱買臣自然是欣喜異常，拜別了皇上。

當年朱買臣被免官、滯留在長安時，由於落魄潦倒，經常寄居於會稽郡設在京城的驛館裡，在門房那裡蹭點飯吃。此刻他重新被重用，並且官拜會稽太守，自然威儀赫赫，派頭十足。但他卻依舊穿著原來的破衣服，把印綬揣在懷裡，步行走著到了驛館。驛館裡正在喝酒的會稽郡小吏們誰也沒有理睬他。朱買臣只好仍舊和門房一塊吃飯。門房偶然發現從朱買臣的懷裡露出一段綬帶，覺得奇怪，就把綬帶輕輕一拉，卻拉出了會稽太守的印章。門房連忙去報告正在喝酒的那些官吏。他們個個都喝得醉醺醺的，哪裡肯相信，大呼小叫地說：「別胡說了吧！」門房說：「你們不相信，自己去看看嘛！」其中一個平時就很輕視朱買臣的人，站起身到裡屋去，一看則大驚失色，連連說：「是真的，是真的。」這時，座上喝酒的人全都嚇懵了，酒也醒了，慌忙依次排好隊，站立在中庭，拜謁新任太守。朱買臣則端足了架子，慢慢地從屋裡出來。沒過多久，前來接他的官車駟馬便到了，朱買臣坐上官車，一路揚長而去。

會稽郡聽說新任太守要來赴任了，便趕忙徵調百姓灑掃道路，各縣的官吏都親自出衙迎送，車隊浩浩蕩蕩，最多時達一百餘輛。進入吳地界後，朱買臣從車中看見他從前的妻子和丈夫也在清掃道路，憔悴不堪，便停住車，把他們夫婦倆接到最後面的一輛車上，一直拉到了太守館舍，安置在後花園裡，派人仔細服侍。但是，只過了一個多月，他的前妻就因羞愧難當，上吊自殺了。

流傳於民間的故事則稱：當初朱買臣勸他的妻子不要後悔，她卻說要後悔除非是潑出去的水能夠一滴不剩地再收回來。後來在朱買臣衣錦還鄉的途中，正遇上外出討飯的妻子，她苦苦哀求朱買臣原諒她。朱買臣就在馬上潑出去三碗水，說只要她能將其中一碗水收回來，他就可以原諒她，讓她共享榮華富貴。他的妻子聞聽此言，想起以前的話，羞愧得無地自容，碰碑而亡。這也許就是流傳民間的「馬前潑水，覆水難收」的說法的由來吧。但朱買臣的好景也不長，幾度沉浮之後，最終還是被漢武帝殺掉了。

朱買臣作為賦家，至今已難見其文采，只是在民間故事裡，他扮演了一個難以評說的主角，詮釋著世態炎涼。

滑稽之雄：智多星東方朔

東方朔（公元前一五四—約公元前九三年），字曼倩，平原郡厭次縣（今山東惠民）人。天性詼諧，言辭敏捷，滑稽多智，常常在漢武帝面前談笑取樂，後世稱他為「滑稽之雄」。

漢武帝即位的時候，詔令各地推舉人才。一時，成千上百的人紛紛上書自吹自擂。東方朔也不甘寂寞，上書極言自己文韜武略和道德人品俱屬上上之選，武帝大奇，果然留他在公車署待用。等了一年，仍不得召見，他便生出一計：詭稱武帝要誅絕天下侏儒。由於侏儒們攔路而哭，武帝當然要追問原因，這正中東方朔下懷。面對武帝的責問，他回答說：「侏儒身高三尺，我是九尺，可俸祿卻沒有區別。侏儒吃得脹肚皮，我卻餓得要死。如果我還可用，就給加些俸祿，否則，就讓我回家，免得白白耗費長安的大米。」武帝聽後大笑，便讓他移居金馬門，待遇略見好轉。不久，武帝賜肉給大家，可掌管飲食的官員遲遲不來宣詔。東方朔等不及，便私自拔劍割肉而去，還大言不慚地說：「拔劍割肉，一何壯也！割之不多，又何廉也！歸遺細君，又何仁也！」武帝聽說之後，不但未加怪罪，反倒又賜給他許多酒肉，並任他為常侍郎。

建元三年（公元前一三八年），武帝想將長安城南大片土地闢為上林苑。東方朔聞訊，急上〈諫除上林苑〉，大講三不可。武帝給他賞金加官，對他的意見卻充耳不聞。但數年後，在處理寡居的館陶公主私幸董偃的問題上，武帝卻不得不作出讓步。因為東方朔給董偃的鑑定是私侍公主，傷風敗俗，蠱惑人主，這三大罪狀可是非同小可。結果，董偃真的由此失寵。

因為東方朔滑稽善辯，武帝有時就故意為難他一下。大約在元狩二年（公元前一二一年）左右，武帝問他：你看我是什麼樣的帝王？東方朔馬上回答：臣伏觀陛下功德，陳五帝之上，在三王之右，而且，您的文武大臣也都是賢能之輩。武帝笑著反問：你比起當今的公孫丞相、董仲舒等賢官碩儒又怎樣呢？東方朔又一通大言不慚：「臣朔雖不肖，尚兼此數子者。」說自己一身兼有他們數人的優點和本領。

昭平君驕橫，殺人當死。因為他的母親隆慮公主生前曾為他預贖死罪，所以武帝為此猶豫再三。後雖依法准殺昭平君，但內心哀傷不已。這時，東方朔卻祝賀說：「聖王賞不避仇，誅不擇親，陛下行之。臣再拜上萬歲壽。」武帝雖不快，但因東方朔捧得太高，還是將他命為中郎。此前，東方朔曾因在殿中小便被貶為庶人。

太初元年（公元前一〇四年），由於統治者的奢靡，上行下效，社會風氣很糟，武帝就問計於東方朔：我欲教化百姓，你可有好辦法？東方朔回答說：遠古聖賢的節儉我說不清，但近世的孝文帝的儉樸卻是人所共知的。他雖貴為天子，卻仍穿粗布衣和生皮鞋，天下自然仿效成風。可陛下日日擴建未央宮，還嫌太小，又在城外營造高大的建章宮，飾物和狗馬都要用錦緞來包裹。您自己淫奢如此，要百姓不奢靡怎麼做得到呢？

大約在太初（公元前一〇四—公元前一〇一年）、天漢元年（公元前一〇〇年）之間，東方朔又上書陳述「農戰強國之計」，因為「其言專商鞅、韓非之語也，指意放蕩，頗復詼諧」，所以「終不見用」。於是，東方朔就寫下了名賦〈答客難〉，「設客難己，用位卑以自慰諭。」

此賦表面上是東方朔解答「客」的問「難」，他引經據典，縱橫古今，講了一大堆道理，實際上卻是什麼道理也沒講出，因為無法講出也不能夠講出，他只不過是委婉地發了一些牢騷罷了。他的懷才不遇和他的盛世之悲是歷史的必然。

此賦上承宋玉〈對問〉之體而又有所光大，其「設客難己」、反話正說、「托古慰志，疏而有辨」（《文心雕龍·雜文》）的風格特色，直接影響了後世漢賦作家揚雄〈解嘲〉、班固〈答賓戲〉、崔駰〈達旨〉、張衡〈應間〉和蔡邕〈釋誨〉的寫作，從而形成辭賦中的一種特殊格式，《文選》名之曰「設論」。

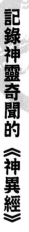

記錄神靈奇聞的《神異經》

在《山海經》的直接影響下，漢代先後出現了一大批有關地理博物方面的書，《神異經》就是其中很有名的一部，被後人稱作漢代的《山海經》。舊題作者是漢武帝時的滑稽人物東方朔。傳說當年東方朔曾經周遊天下，見識了很多稀奇古怪的新鮮事，他就選取那些《山海經》中沒有提到的，並把它們記錄了下來。全書一共有九篇，按照順時針的方向分別記述了東、東南、南、西南、西、西北、北、東北和中等九荒，九個方位地域的山川地理、異物異人。雖然多是作者的想象和編造出來的，但有關神靈異人的一些奇聞故事卻很有情趣，耐人尋味，在後世廣為流傳。其中最有趣的是有關東王公的兩個傳說。

根據其書〈東荒經〉的記述，東王公住在東荒山中一個十分巨大的石洞裡。他身高一丈多，滿頭亂蓬蓬的白髮，四肢和身形看起來倒挺像人的模樣，卻長了一副鳥的面孔，更奇怪的是屁股上還拖著一條老虎尾巴，後背上成天馱著一隻大黑熊。他的眼睛不算大，但卻格外有神，時不時往四下裡很狡黠地張望著。這老怪物居然有個風姿綽約、活潑漂亮的忘年交朋友，叫玉女，也是位神仙。一老一少經常湊到一塊嬉鬧玩耍。他們倆最喜歡玩的一項活動就是「投壺」了。這「投壺」本是人間舉行宴會時用來助興的一種遊戲。方法是選用一種寬口大肚細脖子的容器壺，在裡面裝滿豆子增強彈性，然後隔著一定的距離，往壺裡投矢，如果用的勁太大，投得過猛，投進的矢就會被反彈出來，落在地上，這就算失敗了。投壺用的矢，一頭是齊的，另一頭則尖尖的，像刺，所以又稱為「棘」。矢一般有三種長度，在居室內投壺時用二尺長的，在廳堂上用二尺八寸長的，在庭院中就要用三尺六寸長的了。遊戲開始前還要推選一個人當裁判來裁決勝負，叫「司射」。然後主人拿出矢來，給每位客人發四支。當樂隊演奏起歡快的音樂聲，活動就正式開始了。每中一矢，司射就把一個一尺二寸長、類似於小木棒的「算」放到裁判桌上，以此計算投中的數目。四矢都輪流投完了，第一局結束。一般以三局定勝負。投中次數多的是贏家，輸了的要罰酒。投壺的活動，由來已久，春秋時齊國和晉國最為流行，《左傳》還記載過齊景公與晉昭公這兩國國君一起投壺的趣事。戰國時，甚至男女都可以同坐在一起，邊喝酒，邊投壺，以此為樂。到了漢代，仍然很盛行，連一國之尊的漢武帝對投壺都很感興趣。他的手下有個郭舍人，是投壺高手，漢武帝便常常去觀賞他的投壺表演。一些達官貴人更是樂此不疲，每有賓客酒會，必定要「雅歌投壺」（《後漢書・祭遵列傳》），在歌舞音樂聲中進行投壺比賽，增添宴會的氣氛。現在，這一娛樂節目竟然從人間流行到了天上，作為神仙的東王公和玉女也拿它玩得挺起勁。他倆的旁邊還有一個相當於司射的「天」。當王公跟玉女玩起投壺比賽的時候，天就在一旁津津有味地觀賞，而且還挺投入，簡直就是一位投壺迷。如果誰的矢投入壺中，沒被彈出來，天就會不由自主地大聲唏噓叫好；反之，如果矢被反彈了出來，沒有接著，天就會搖頭大笑不止。每次活動，東王公與玉女總得投上一千多次，於是天的笑聲就會一陣陣不斷地響起。李白〈短歌行〉中的「天公見玉女，大笑億千場」，用的就是這個典故。

除了玉女這個忘年交，東王公還有個老情人，就是西王母。這兩個老怪物一年一度幽會的事也挺有意思。王母的形象，依照《山海經》的描繪，也是像人又像獸的，身形看起來有些像人，屁股上卻拖著豹子的尾巴，分布著斑斑點點的花紋，長了一嘴老虎的牙齒，還時常發出一種怪嘯聲，頭髮也是夠蓬亂的，耳朵上懸掛著兩條長蛇。這副樣子，與東王公還真是天生的一對。西王母平日裡住在西昆崙山上，離東王公的住處挺遙遠。所以他們也跟牛郎織女似的，一年才相會一次，而這僅僅一次的相聚，也是別開生面，絲毫不亞於牛郎織女的鵲橋會。一隻名叫「希有」的大鳥幫了他們的大忙。據說，在西昆崙山上，有一根大銅柱，叫天柱，筆直地樹立在天地之間，高處直插雲霄，周圍長約三千多里。這只希有大鳥就棲息在這根天柱上，頭朝南，整天不吃不喝也不鳴叫。它張開的翅膀非常大，左邊的正好遮住了東荒山中的東王公，右邊的正好遮住了西崑崙山裡的西王母。相會的日子到了，王公、王母就各自爬上希有鳥的翅膀，來到鳥背中間的一小塊地方見面。這一塊場所，不長羽毛，方圓有一萬九千里。在這裡傾訴衷腸後，他們又各自爬下鳥背，回到自己的住所，等待下一次相會。

〈西荒經〉中有關河伯使者的記述也是篇非常精彩且又很優美的小說片斷。全文短短六十個字，說的是有一位騎著紅鬃白馬、身穿白衣、頭戴黑帽的瀟灑美少年，常常帶領著十二個玲瓏俊俏的小童子，奔馳在一望無垠的西海面上，如飛如風，顯得無比矯健和英勇。他們都是河神派來的使者。有時候，他們也馳馬岸上，馬蹄所到之處，水也隨著漫流；而他們所去過的國家，準會電閃雷鳴，大雨滂沱不止。夕陽西下的晚上，奔騰了一天的他們才回到黃河家中。這則小故事以無涯無際、煙波浩渺的西海為背景，描繪了一隊英姿颯爽、神采飛揚的河伯使者的形象，既像一首浪漫迷人的詩，又像一幅絢麗壯美的畫。

此外，〈東南荒經〉中身高千尺，不吃不喝，不怕冷熱的樸父夫婦，因為懶惰沒能完成疏導天下河流的任務而被上天懲罰；〈中荒經〉中人身狗毛豬牙的不孝鳥，額頭、嘴角、後背、脇骨等處天生了「不孝」、「不慈」、「不道」、「愛夫」、「憐婦」之類的字樣；〈東南荒經〉中的尺郭鬼早上吃掉惡鬼三千、晚上吃掉惡鬼三百，把鬼當成家常便飯；〈西荒經〉中長壽三百歲、日行千里的西海鵠國男女，身高只有七寸，為人卻彬彬有禮，被海鵠吞進肚子裡也不會死掉，海鵠反而因為他也能一飛千里；〈西南荒經〉中總愛欺騙人的訛獸，是東偏說西，是壞偏說好，它的肉非常鮮美，但人吃了以後也變得會說謊；〈西北荒經〉中像虎但有翅能飛的窮奇獸，專吃好人，而對十惡不赦的壞蛋卻總是巴結討好；〈東荒經〉中的南方人，一個叫敬，一個叫美，總是相親相愛，與人為善，從不在背後說人壞話，誰有了困難，拼死也要去救助他們。諸如此類，在傳說中寄託了社會生活裡的善惡觀念和倫理道德思想，或者讚美，或者諷刺，這些故事讀來都很有意味。

總之，《神異經》一書，文筆簡潔、生動、流暢，在異人異物的描繪上，充滿了奇思遐想，表現出作者想象力的豐富和開闊，有一定的創造性。而「間有嘲諷之辭」（魯迅《中國小說史略》），也讓人在美感享受之外，獲得了一定的啟發和教育。

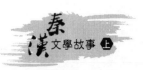

神仙淨土在「十洲」

《十洲記》，又名《海內十洲記》、《十洲三島記》、《海內十洲三島記》、《十洲仙記》。舊題作者是東方朔，就書的內容來看，不可信，估計是東漢後期人的著作。書中講的是喜好神仙方術、希望長生不老的漢武帝在與西王母相會（武帝與王母相會事詳見《漢武故事》與《漢武內傳》）的時候，聽說八方巨海中有祖洲、鳳麟洲、瀛洲、玄洲、炎洲、長洲、元洲、流洲、生洲、聚窟洲等地方，都是人跡罕至的神仙境界，非常嚮往，於是就請來曾經周遊天下、見多識廣的東方朔詢問。東方朔就給武帝詳細描述了十洲以及滄海島、方丈山、蓬萊山和昆崙山的所在位置與當地的奇物異產、神靈仙怪的情況，極盡鋪張敷衍之能事。

十洲之中，祖、炎、鳳麟、聚窟四洲用筆最多，也最為奇特迷人。

祖洲，位於東海中，方圓五百里大，距離漢土七萬里。洲上最著名的仙物是「不死草」，能讓死去三天的人死而復生，平常人吃了它，可以長生不老。據說當年由於秦始皇的暴政，無罪冤死、暴屍荒野的人很多，有種烏鴉模樣的神鳥，常常銜了這不死草蓋在死人的臉上，死人受到草的氣息的薰染，立刻就會生還過來。有人把這事報告了秦始皇，秦始皇也感到很奇怪，就派人去請教隱居在城北的鬼谷先生。這鬼谷先生是位有名的得道仙人，戰國時期的縱橫家大謀士蘇秦和張儀相傳曾經是他的學生。當時，鬼谷先生看了神鳥銜來的仙草，立即認出是東海祖洲瓊田裡生長的不死草，又叫養神芝，一棵只能救活一個人。秦始皇這個人做夢都想著長生不老，好永遠當皇帝，現在知道了不死草的底細，哪能禁得起誘惑？於是就派了一個叫徐福的道士做使者，率領五百童男、五百童女，乘著特意製造出來的高大樓船，東渡大海，去為自己尋找海中的祖洲並採回不死仙草。然而徐福等人再也沒有回來，秦始皇的千秋萬代帝王夢也很快就破滅了。有人說徐福找到了不死草，自己成仙去了。也有人說徐福一開始就預料到祖洲很渺茫，不死草根本沒有找到的把握，但又怕空手而歸被秦始皇殺頭，所以故意要了一千童男童女，從此避居海外，再也不回來了。據說日本島就是當年徐福等人落腳的地方，日本國就是徐福與那一千童男童女的後人。今天，連雲港的贛榆縣還經常舉辦徐福節，開展一些民間活動，以此紀念徐福的出海和他在中日關係史上的地位和貢獻。不死草的傳說，比較有思想意義的一點是它在獵奇之外，寄託了對秦始皇的諷刺和對暴君暴政的批判。

炎洲在南海當中，方圓兩千里大，離漢土九萬里。洲中有兩種動物比較稀奇，一是風生獸，一是火光獸。風生獸，形狀像豹，但只有狐狸般大小，渾身青色。把它丟進數車乾柴堆成的大火堆中，柴火燒完了，這傢伙在灰燼中卻依然如故，連一根毫毛都沒燒著。除火外，鋒利的刀劍也刺它不透，用力打它的身體，就像打在空皮囊上似的，沒什麼反應。除非用鐵鎚不斷地敲擊它的頭部，才能使它死過去，但只要讓它有機會向著風中張開嘴，不一會，它又會活過來，只有用石頭上生出來的蒲草堵住它鼻孔，它才會徹底死掉。取出風生獸的腦髓，和著菊花吃下去，吃上十斤，能令人長壽五百歲。在洲中的另一種動物火光獸，毛長三四寸，只有老鼠般大小。然而生活在三百里大的火林山中，每到晚上，全身發出火光，照得整座山林都通亮可見。它身上的毛可用來織成火浣布。炎洲國的仙人多用這布來做衣服，穿髒了，放到火中燒一會，再拎出來抖一抖，就會乾淨如新；相反，用水洗，卻洗不掉上面的汙垢。火光獸毛織布火洗的奇聞是古代著名的火浣布傳說之一；而風生獸頑強的生命力對以後神魔小說英雄形象的創造有一定的啟示。

鳳麟洲，位於西海中央，方圓一千五百里，周圍有弱水環繞。地方特產是續弦膠。因洲中有成千上萬的鳳凰和麒麟，所以仙人們就把鳳嘴和麟角合在一塊煎熬成青如碧玉的膏狀物，就是續弦膠，又叫連金泥。它的奇特功效是能把斷裂的弓弦和刀劍連接得完好如初，任憑大力士用盡全力拉扯它們，就算其他部位被拉斷了，用續弦膠續接的地方也不會再斷。漢武帝天漢三年，西域某國派使者朝貢，進貢的禮物就是四兩續弦膠和一件吉光毛裘。漢武帝覺得這兩樣東西很平常，所以心裡對西國的怠慢有些不滿，就把使者扣留了下來。有一天，武帝去皇家園林上林苑中打獵，射虎時用力過猛把弓弦拉斷了。正好那位使者在旁，趕快趁機又獻上一份續弦膠，很輕易地就把弓弦接好了，再讓好幾個勇猛有力的武士一齊來拉扯，費了老大勁也沒拉斷。武帝大為讚嘆。另一件黃色的吉光毛裘大衣，是用神馬的皮做成的，放到水裡，好幾天都不下沉，經火焚燒，也不焦毀。武帝這才明白兩件禮物的寶貴，於是賞給使者許多中土名貴特產，讓他回國了。續絃膠的奇聞，反映了當時人們對萬能膠的幻想。

聚窟洲，也在西海中，方圓三千里，離漢土二十四萬里。洲中盛產卻死香，是用人鳥山上反魂樹的樹根中心部分在玉鍋中反複煮熬而成的，異香飄送數百里。已經入土的死人，聞了它，就可以立即還陽而生，並且再也不會死了。對於剛剛死去的人，更加靈驗。漢武帝徵和三年，西胡月氏國使者來朝貢，也獻了兩件禮品，其中之一就是四兩卻死香，麻雀蛋般大小，黑黑的像桑葚。武帝覺得不是中土所有，也就不以為奇，讓人隨便放了起來。另一件禮品是頭黃顏色的猛獸，也是聚窟洲所生，看起來像剛出生五六十天的小狗，只有狸貓那麼大。武帝一開始也有點看不起，問使者：「這麼丁點的小玩意，算什麼猛獸啊？」使者心想自己萬里迢迢，十三年才到這裡獻上寶物，竟受此輕視，很不是滋味，言辭間也有些不太恭敬起來，說：「今天親臨陛下面前，才知道您也並非高明的有道之君。是不是猛獸，不在於它的大小。您別小瞧這小不點的玩意，它卻能降伏百獸，克制妖魔鬼怪，百邪不侵呢。」武帝仍將信將疑，希望猛獸當場演示一次。於是使者就指使猛獸叫喚一聲。只見猛獸舔了一會兒舌頭，忽然叫出一聲，就如炸雷一般巨響，兩眼電光逼人。武帝登時受驚撲倒，兩手捂著耳朵，身上抖動不已；兩班文臣武將一個個全被震得伏地不起，狼狽不堪；後宮的豬馬狗牛也失了約束，一片混亂。武帝覺得很沒面子，就下令把猛獸關進上林苑，想讓餓虎吃掉它。誰知老虎見它進來，早嚇得縮成一團，故意裝死去了。武帝又恨使者先前出言不遜，想抓起來治罪，可第二天一看，使者和猛獸都已失了蹤影。後元元年，長安城中有數百人生了怪病，死了一大半。武帝忽然想起月氏國進貢的卻死香來，就命人在城中焚燒試試，結果死去不到三個月的人竟都活了過來。滿城的異香飄盪，歷時三個多月都沒散盡。武帝這才確信是稀世神物，很後悔當年沒有善待那月氏使者。聚窟洲的傳說，洋洋灑灑千餘字，奇香奇獸讓人驚奇不已，同時也在同一程度上揭露和諷刺了漢武帝狂妄自大、貪婪多欲的本性。

其他各洲及三島的記述相對簡單鬆散些，但仙山、仙島、仙宮、仙人、仙物仍然比比皆是，層出不窮。總之，《十洲記》蒐集了古時候關於十洲三島及崑崙的種種傳聞，一味稱道仙家仙境，「敷衍成一個自成系統的神仙世界」（李劍國《唐前志怪小說史》），主要目的是為了張揚神仙道教之風。但其繁複誇飾的語言風格，恣肆飄逸的想象力，體現了善於開拓的浪漫主義藝術精神，對後世的志怪小說，甚至唐傳奇，都有一定的影響。

司馬父子著述歷代通史

司馬遷（約公元前一四五－約公元前九〇年）是漢代偉大的史學家、文學家和思想家，他所撰寫的《史記》第一次以人物傳記的形式來反映中華民族幾千年來的奮鬥歷史，刻畫了栩栩如生的歷史人物形象，既開創了中國紀傳體史學，又開創了中國傳記文學，標誌著中國史學與文學的一個新時代。《史記》不僅是中國文化的瑰寶，也是全世界人民的寶貴精神財富。它之所以能在漢武帝時代產生，既因為有強盛的大一統漢帝國的社會需要，也因為作者司馬遷具備了進步的歷史觀，深厚的文學、史學修養，豐富的社會實踐經驗和獨特的人生經歷，同時，也與司馬氏家世傳統，尤其是其父司馬談的嚴格家教分不開的。

司馬談大約生於漢文帝初期。他是一個很有學問的人，曾跟當時有名的星象專家唐都學習天文知識，跟《易》學大師楊何學專講陰陽吉凶的《易》學，跟黃老學派學者黃子學黃老之術。大約在漢武帝建元五年（公元前一三六年），司馬談被舉為賢良，徵召到長安做官。由於他有廣泛而深厚的文化修養，朝廷讓他當上了太史令。太史令是漢初新設的史官官職，官級雖不高，但職務很重要，要主管天文星曆、祭祀禮儀，保管文書檔案，記錄國家要事，有權查閱宮中秘籍，並有機會與皇帝及重臣接觸。司馬談能為自己成為國家史官從而重振祖業感到無比榮幸。

司馬談大約活了五十多歲，在漢武帝手下做了大約三十年史官。從《史記・太史公自序》中，我們可以看到司馬談對中國文化有三個方面的偉大貢獻：一是全面、精當地總結了先秦至漢初的學術思想，給後人留下了著名的〈論六家要旨〉；二是計劃撰寫一部通史，並初步設計了框架與草擬了部分篇章，為司馬遷寫《史記》奠定了一定的基礎；三是以一個優秀史學家的標準對司馬遷進行長期的培養。

司馬談深知繼承祖業、做一名名副其實的史官，需要有高尚的情操、深刻的思想、淵博的學識、吃苦耐勞的精神，要完成一部歷史巨著，更需要兩代甚至幾代人的相繼努力。他把著述事業與培養後代自覺地聯繫在一起，對司馬遷寄予了厚望。

司馬遷幼年時就開始誦讀《左傳》、《國語》、《世本》等古文，受到嚴格的傳統文化的教育。當司馬談離家到長安做官時，就把剛剛十歲的司馬遷也帶到了身邊，讓他接受國都文化氛圍的薰陶。司馬遷剛滿二十歲，便開始遊歷，足跡幾乎遍及全國。他考察了祖國的名山大川，廣泛地接觸了社會，尋訪了古蹟，了解了民情，開闊了視野，提高了認識，這都是司馬談的有意安排。司馬談對自己的兒子有意識有步驟地嚴格培養，希望將來有一天，兒子能順利地接自己的班，勝任太史令的工作，完成自己一生難以終竟的著述事業。只是司馬談沒有想到，他所希望的那一天竟然如此快地來到了。

漢武帝元封元年（公元前一一〇年）春正月，漢武帝東巡，要在泰山舉行祭告天地的封禪大典，來表現國運昌盛、天子聖明。泰山封禪，是漢帝國建立以來最隆重的祭祀儀式，朝廷大臣都以能參加這樣的盛典而感到光榮。作為太史令的司馬談當然也隨同武帝前往，並且要參與議定盛典祭祀程序與形式，但無奈體弱多病，中途病倒在洛陽附近，心中十分懊喪，因而病勢更加嚴重了。此時的司馬遷剛奉使西南後返回長安，聽到父親病倒的消息後，又日夜兼程趕來，當他見到父親時，父親已經氣息奄奄了。

病危中的司馬談一方面為自己不能參加這難得遇到的封禪盛典而飲恨嘆息，一方面為自己不能完成通史著述而悲傷。彌留之際，終於見到了兒子，他拉著司馬遷的手說：「我們的先人，一直是周代的太史，後來家道衰微，祖業中斷。現在剛剛重操祖業，難道到我這裡再一次把它斷送了嗎？這也是我難以瞑目的一樁心事。我死後，你會接替我的太史令的職務，果能如此，千萬別忘了完成我想要撰寫的那部通史論著……」司馬談就這樣把自己的遺囑留給了兒子司馬遷。

在司馬談看來，自從孔子著《春秋》以來，至今已過去四百多年，這其間由於諸侯忙於兼併戰爭，社會動盪，歷史記載不僅中斷，而且原有史書大部分散佚，歷史上那些明主賢君忠臣義士的功業事蹟，無人記載。如今全國統一，天下太平，百業俱興，作為太史令，理應繼承孔子著《春秋》的偉業，把以往的歷史一一記載下來，流傳於後世。可是現在自己已無力完成此項事業，想到此他就深感惶恐不安，只得鄭重地託付給兒子司馬遷來完成。司馬談認為孝道首先從侍奉父母做起，然後推廣到效力於國君，最終落實到忠孝立身、功成名就，將美名留於後世，以此來為父母雙親爭光，這才是最大的孝。司馬談希望兒子能盡最大的孝，這就是能完成自己畢生未遂的撰述史著的志願。司馬遷低著頭，握著父親的手，五內俱焚。他淚流滿面，一面點頭應允，一面把父親臨終之言句句銘刻在心頭。他最後對父親說：「我雖然不聰明，但我一定按照父親所囑，詳細論撰先人所編的史料逸聞，一點也不敢有所遺漏。」司馬談聽後，心中的一塊石頭落了地，他將自己的遺願託付給兒子後，便安然地與世長辭了。

司馬談去世後，司馬遷始終不敢忘記父親臨終前的遺託。漢武帝元封三年，朝廷果然讓司馬遷繼任了父親太史令的職務，司馬遷便夜以繼日地來完成《史記》的撰寫。在《史記》的寫作過程中，司馬遷又遇到李陵之禍，身遭宮刑大辱，但司馬遷在大屈大辱中，仍然牢記父親的遺訓，把它作為自己著史的一種精神動力，歷盡千辛萬苦，終於寫出了可以告慰於九泉之下父親司馬談之靈的巨著──《史記》，為人類文化事業做出了巨大的貢獻。

《史記》包括十二本紀、十表、八書、三十世家、七十列傳，共一百三十篇。表是各種大事年表，書是關於禮樂制度、天文兵律、經濟水利等專史，本紀、世家、列傳是各類人物的傳記，傳記是《史記》的主體部分。《史記》人物傳記摒棄了以往史著以事為綱的舊體制，首創以人物為中心的新體制，這種新體制以人物形象來反映中國歷史的演變，在塑造人物形象方面表現出豐富的文學藝術創造力。

《史記》是我國第一部紀傳體通史，不僅開創了我國紀傳體史學的體例，而且第一次具備了嚴格的歷史學目的和相應的成就，從這個意義上說，《史記》是中國第一部正式的歷史著作。中國歷史一直到漢初，尚沒有一部有系統的史書，因而歷史學還沒有成為一種獨立的學問。中國的歷史學成為一種獨立的學問，是從西漢時起，這種學問之開山祖師，是大史學家司馬遷。

《史記》在文學發展史上的開創意義同樣是偉大的。不僅為我國開創了傳記文學，而且在中國文學發展史上第一次比較自覺、比較完整地運用典型化藝術方法塑造了各種典型性人物，把中國散體的敘事寫人文學推向一個新階段，對中國後世小說、戲劇、散文等文學形式的發展有著深遠的影響。魯迅先生在《漢文學史綱要》第十篇中稱《史記》是「史家之絕唱，無韻之離騷」，對《史記》在史學及文學上的卓越成就作了非常確切的評價。

《史記》是中華古代文明的集大成之作，它蘊含著古代中華民族的智慧，也浸透著司馬談、司馬遷父子的心血。

司馬遷死於何時？史無記載，現在一般認為大約死於徵和三年（公元前九〇年）。這一年曾捕殺過太子劉據的丞相劉屈氂也被人誣告與李廣利共同詛咒皇上，於是劉屈氂被殺，李廣利被迫投降匈奴，司馬遷在〈匈奴列傳〉中記敘了這件事，說明司馬遷在此年還修補過《史記》。

司馬遷因何而死？史籍也無記載。有人說司馬遷因寫了〈報任安書〉，被任安所牽連，又下獄而死，此說雖是猜測，也合情理。司馬遷曾因替李陵辯解幾句，便觸犯了武帝，遭到宮刑，而〈報任安書〉滿篇都是怨恨之言，甚至還有「明主不曉」之類的話，譏刺當今皇上漢武帝，若此書信落入武帝手中，司馬遷再次下獄而死是極有可能的。

司馬遷的死因也可能與著《史記》有關。《史記》本身就是一篇篇反暴政的檄文，其中對漢武帝的暴行譏刺更多，當然為武帝所不容。司馬遷著《史記》，不僅自己受到統治者的迫害，甚至還殃及他的後代，在司馬遷出生地陝西韓城芝川鎮華池村，至今還傳說著這樣的事：司馬家族為免遭統治階級迫害，將姓氏一分為二，一支用「司」，再加一豎為「同」，作姓；一支用「馬」，再加二點為「馮」，作姓。同、馮二姓代代都設「漢太史司馬祠堂」，年年祭祀自己的先人司馬遷。司馬遷把一生獻給了《史記》，而他的後代也為《史記》付出了沉痛的代價。

李陵之禍與〈別歌〉之殤

李陵（？—公元前七四年）字少卿，隴西成紀（今甘肅秦安）人，飛將軍李廣的孫子。年輕時為侍中建章監，即護衛建章宮的衛隊長。李陵同其祖父一樣，特別愛好騎馬射箭，漢武帝很看重李陵，認為李陵有大將軍李廣的風度。漢武帝曾給李陵八百騎兵，讓李陵出居延到匈奴視察地形，李陵親率騎兵隊，深入匈奴腹地兩千里，出色地完成了任務。漢武帝很高興，便封他為騎都尉，並撥給他五千士兵，讓他在酒泉、張掖一帶訓練，以防備匈奴的入侵。

天漢二年（公元前九九年），李陵向漢武帝請戰。李陵說：「我訓練的士兵，個個都是勇士，都英勇善戰。我想以少勝多。我願帶五千人去進擊匈奴，收復我們的疆土。」漢武帝很賞識他這種勇氣，就批准了這次軍事行動。

於是李陵在這年九月率五千人從居延出發，長途跋涉了三十天，到達浚稽山（約在阿爾泰山脈中段），在山下遇到了匈奴的軍隊。單于用三萬大軍包圍了李陵軍，李陵讓前隊的人拿盾和戟，後隊的人都持弓弩。他下令：「聽到鼓聲就向前衝，聽到鑼聲就停止。」匈奴見漢軍少，就一直向前進逼。李陵指揮弓弩手，千弩俱發，單于的士兵頃刻間死傷一大片，匈奴兵頓時大亂，慌忙向山上逃竄。漢軍乘勝追擊，殺死匈奴數千人。

單于失敗後，又調來八萬騎兵攻打李陵，剛開始交戰，李陵軍又取得了小勝。後來兩軍又在一處水窪邊打起來，匈奴兵借風勢從上風頭放火，想燒死漢軍，李陵命令軍士趕快操火把，把自己身邊的草木盡快燒掉，以保護自己。匈奴放火燒漢兵的詭計未能得逞，雙方又在一座山上打了起來。單于讓他的兒子率領精銳騎兵襲擊李陵，李陵的兵士以樹木為掩護，又殺死了數千匈奴兵，並發連弩射單于。單于害怕，就慌忙逃走了。

單于連吃敗仗後，心有餘悸地對匈奴的兵將說：「這些都是漢朝的精兵，我們實在勝不了他們。他們引誘我們出擊，恐怕後面有伏兵。」

正當李陵軍節節勝利的時候，李陵軍中有一兵士叫管敢的，被李陵的校尉韓延年辱罵，一氣之下跑去投降了匈奴。為向匈奴討好，對單于說：「李陵的軍隊沒有後援，弓矢也快用完了。」管敢還把李陵的陣法告訴了單于。

單于聽說李陵是孤軍作戰，便放心大膽起來。他還按照管敢的主意，用許多騎兵攻打李陵。李陵率漢軍向南走，還沒有到鞮汗山，弓矢都用光了，漢軍被單于圍在峽谷中，單于乘機用壘石攻打，漢軍死傷慘重。

李陵悲嘆地說：「再有些弓矢，我們就能夠突圍，可惜沒有了。天一亮，他們就會來攻我們的。」

李陵命兵士斬斷旌旗，把珍寶埋在地下。半夜，李陵和韓延年帶著兵士突圍，匈奴數千人在後面追殺，韓延年中箭身死。李陵也受傷倒地，他大叫：「我已無臉見皇上！」匈奴兵已蜂擁而至，把李陵綁縛起來，押送到單于帳中。漢武帝聽說李陵投降了匈奴，十分惱怒。朝中大臣也都大罵李陵。唯獨太史令司馬遷對皇上說：「李陵為人處事從來十分講究信義，他為國家常常奮不顧身。現在他處境不幸，我們應同情他。況且，李陵只帶步兵五千人，面對匈奴八萬大軍，轉戰千里，弓矢用盡，赤手空拳同敵人拼搏。這種大無畏的精神，即使古代名將也不過如此而已。他現在身陷匈奴，但他的戰功已昭示天下，他不死，估計是還想再為漢朝立功。」

司馬遷的一番話，並沒有打動皇上的心，皇上反而以司馬遷「為陵遊說」的罪名，給司馬遷定了罪，處以宮刑。在遭受李陵之禍後，司馬遷打消了仕進的念頭，忍辱負重，一心撰寫《史記》，以此來抒發自己心中的憤懣。

李陵在匈奴數年杳無音訊，皇上派公孫敖帶兵去設法搶回李陵。公孫敖去匈奴後無功而返，他帶回了關於李陵的消息，告訴皇上說：「聽說李陵在那邊訓練匈奴兵，要攻打漢朝。」皇上聽到這個消息，大發雷霆，命人把李陵的母親、李陵的弟弟及李陵的妻兒都殺了。其實，替匈奴訓練士兵的人不是李陵而是李緒，一位早年投降匈奴的漢都尉，公孫敖顯然是張冠李戴了。

就在李陵投降匈奴的前一年，蘇武出使匈奴被扣，但蘇武拒不投降，匈奴只好令他到北海（今貝加爾湖）去牧羊。過了好幾年，漢朝打聽到蘇武還活著，就派使者來匈奴，堅決要求釋放蘇武回國。匈奴單于無奈，只好同意，不過最後還想讓蘇武的好友李陵去勸說蘇武投降。當時李陵的心情十分複雜。一方面，他也為他的好友蘇武能奇蹟般地活下來並很快回到漢朝而感到高興；另一方面，也為自己的降敵而感到羞愧，他為自己有家不能歸的處境感到悲哀。

李陵命手下人設下酒席，給蘇武斟滿酒說：「你不降匈奴，不辱使命，名揚天下，功勞蓋世。」李陵推心置腹地告訴蘇武說：「我不得已而降匈奴，原本是想找機會劫持單于，報效國家。卻不料漢皇不知我的心志，殺了我的老母和妻兒，絕了我的歸路。」蘇武說：「過去，我深知老友的為人和志向，但現在你的處境不同過去，是非功過，也只好由人們去評說。至於對不起國家的事，我決不能做。」

李陵聽蘇武說完後，長嘆一聲：「比起蘇君來，我這個人真如糞土一般。」說罷，熱淚縱橫，起身吟唱了一首〈別歌〉：

> 徑萬里兮度沙漠，為君將兮奮匈奴。路窮絕兮矢刃摧，士眾滅兮名已隤。老母已死，雖欲報恩將安歸！

一曲歌罷，李陵朝著南方跪拜不起，蘇武望著他，嘆息不止。

鍾嶸在《詩品》裡說漢都尉李陵詩，「其源出於《楚辭》。文多悽愴，怨者之流。陵名家子，有殊才，生命不諧，聲頹身喪。使陵不遭辛苦，其文亦何能至此。」李陵在〈別歌〉中用簡潔的語言述說了自己行軍萬里跨過沙漠抗擊匈奴的經過，那「矢刃摧」、「士眾滅」的慘烈的戰鬥場面似在眼前。他抗擊匈奴功不可沒，但他歸降匈奴過大名隤。「老母已死，雖欲報恩將安歸！」字字淒楚。在封建社會裡，一人有罪株連全家，甚至滅門九族。李陵敗降，終於禍及一家老小。

李陵除〈別歌〉外，還有〈李少卿與蘇武詩三首〉、〈李陵贈蘇武詩〉等。不過，〈別歌〉以外的作品大多數被專家學者認為是偽託之作。然而其藝術性較高，也是成熟的五言詩，對後世有一定影響。

浸滿血淚的〈報任安書〉

司馬遷在漢武帝元封三年（公元前一〇八年）繼承父職為太史令。天漢二年（公元前九九年）因替李陵降匈奴事辯護，獲罪遭腐刑。太始元年（公元前九六年）夏六月，漢武帝大赦天下，司馬遷當於此時出獄，並做了中書令。中書令是皇帝身邊的文書侍臣，職位比太史令高，但司馬遷已對宮廷政務毫無興趣，他一心加緊完成《史記》的撰寫。正當《史記》撰寫基本就緒，只剩下最後的修補加潤色時，國內又發生了巫蠱事件。

所謂巫蠱，是指使用迷信邪術加害他人。要說巫蠱事件，還得從漢武帝晚年迷信鬼神巫術談起。漢武帝晚年多病，召集了許多方士與巫師，為其尋求長生不死之方。平日裡，他常疑神疑鬼。徵和元年（公元前九二年），他在長安西的建章宮恍惚看見一個人帶劍進入宮來，疑心是個刺客，急忙命令侍衛追捕，卻無影無蹤。把長安城門緊閉，進行全面搜捕，也沒有結果。後來又在白天裡做噩夢，夢見無數的木頭人拿著棍杖來打他，醒後怏然不悅，從此身體更不舒服了。恰好這時丞相公孫賀捕獲了陽陵「大俠」朱安世，朱安世為報復丞相公孫賀，反誣公孫賀兒子公孫敬聲與衛皇后所生的女兒陽石公主有私情，並說他們指使巫師將木偶人埋在地下用來詛咒皇上，巫蠱之禍從此引起。

漢武帝以為自己的病根就在於巫蠱，於是殺掉了公孫賀父子及其家人，陽石公主與衛皇后姪兒即大將軍衛青的兒子衛伉與此案有關，也被誅殺。由於武帝相信方士、巫師，使得一些女巫出入後宮，教宮中美人們度厄，在她們的屋子裡埋木偶人，祈禱鬼神加禍於所恨的人。出於爭寵妒忌，美人們又互相告發，都說對方詛咒武帝，武帝大怒，殺了宮中美人及大臣數百。武帝手下有個臣子叫江充，原本是趙國人，曾離間趙王父子關係，讒死趙王太子。後因告密得到武帝召見，拜他為直指繡衣使者，讓他督察皇帝親近之臣及貴戚。江充迎合武帝用意，檢舉彈劾皇帝親信，無所顧忌，深得武帝信賴，提升他為水衡都尉。這次巫蠱案發，武帝便命江充來負責處理。江充把凡是搞祭祀、做巫法的人都統統逮起來，採用酷刑進行逼供，從京師到郡國冤殺的人達數萬人。

江充見屈死的人終不敢訴冤，膽子越來越大，竟然把迫害的對象擴大到了皇太子。由於他在任直指繡衣使者時沒收過太子的車子，與太子結下了怨恨；他又見武帝年老多病，恐怕武帝去世後太子即位，於自己不利，於是指示胡巫向武帝報告說：「蠱氣主要來自內宮。」武帝命令江充與按道侯韓說等人入宮檢查，江充回來誣告說：「在衛皇后與太子宮中都挖出來木偶人，太子宮中的木偶最多，還有帛書，上面寫著大逆不道的文字。」

太子劉據知道此事後，嚇得不知所措，只好採用少傅石德的主意，先發制人。征和二年（公元前九一年）七月，太子被迫假傳聖旨捕殺江充、韓說與胡巫，然後發衛卒自衛，攻占了長安的要害部門。此時，武帝正在甘露宮（今陝西淳化西北）避暑養病，聞訊後大怒，立即返回建章宮，命丞相劉屈氂發兵逮捕太子，太子衛卒與丞相兵在長安城激戰了幾天，太子兵敗，從長安南門而逃。衛皇后被廢後自殺。不久，太子在湖縣（今河南靈寶）被當地官吏率人圍捕時自殺，他的三子一女也都遇害。此年，護北軍使者任安也被牽連而遭腰斬。

任安，字少卿，滎陽（今河南滎陽東北）人。早年喪父，家境貧寒，由於辦事有智謀，與田仁同為衛將軍的舍人。後來皇上有詔令，要選任衛將軍有德才的舍人為郎，任安被選任為護北軍，田仁被選任為護邊田穀。田仁為政不畏豪強，又升為丞相長史、丞相司直。不久，巫蠱禍起，丞相劉屈氂帶兵逮捕太子，命田仁領兵把守城門，田仁以為皇太子與皇上是骨肉至親，不能見死不救，於是開城門放走了太子，因此遭到漢武帝的誅殺。太子危急時，曾停車北軍南門召任安，命其發兵抵抗丞相軍，任安跪拜領節受命，然而他入營後便閉門不出，按兵觀望。太子敗後，曾受過任安懲罰的北軍管錢的小吏上書揭發任安，武帝以為任安「持兩端」，坐觀成敗有二心，命吏逮捕下獄，判任安為腰斬。

任安在獄中，想到了好友司馬遷。他認為司馬遷曾冒死為李陵辯解，有捨己救人之義；司馬遷現為中書令，奉侍皇上，有進言之便。於是寫信給司馬遷，求他代為申冤，希望皇上開恩免去一死。

司馬遷接到任安的信後，猶豫再三，遲遲不好回復，直到此年的十一月，眼看刑期就要到了，司馬遷才提筆給任安寫了一封信，這就是有名的〈報任安書〉。

司馬遷在這封書信中，反覆說明不能援救的理由，諸如人微言輕等，然而都不是根本原因。因為人命關天，無不相救之理，雖知不可為，盡心而已，此是人之常情常理。司馬遷既有下獄時「交遊莫救，左右親近不為一言」的隱痛，為何今見友人任安遭不測而不援救？司馬遷忍心見友人命在旦夕而不能救，主要不在於人微言輕，而在於信中不好點透的那一點：司馬遷之身乃屬《史記》，他的生命只能為偉大的《史記》而奉獻，不得自私於其他。

一般人只知「見義勇為」、「視死如歸」乃人生壯舉，有多少人能理解當時的作者棄小義忍大辱而著書自見的志向呢？正是這一點，才是〈報任安書〉中最催人淚下之處，它表現了司馬遷把一切人間痛苦都置之度外，將全部心身奉獻於人類文化事業的崇高精神。

司馬遷在此書信中有這樣一句名言：「人固有一死，或重於泰山，或輕於鴻毛，用之所趨異也。」為了著述，為了民族文化，不論遭遇多麼悲慘，處境多麼險惡，都不消沉、不頹廢、不麻木、不自棄，身心承受一切痛苦與屈辱，直至耗盡最後一滴心血，這才是死得其所！司馬遷這幾句擲地作金石聲的語言，點明了中華志士仁人生死觀的精華，道出了多災多難又勤勞勇敢的偉大中華民族的心聲，千百年來，砥礪了多少中華兒女！

〈報任安書〉一方面傾訴了對友人任安身遭不測的同情、惋惜，解釋了自己不能為之申冤解救的苦衷；一方面敘述了自己遭腐刑受辱、理想毀滅的經過，表明了忍辱苟活、著書自見的心志。行文各段都將委婉地辭卻友人所求與直抒胸中憤懣糅為一體，縱橫跌宕，使人莫能尋其痕跡。書信中字字沉痛酸楚，句句慷慨激越，滿篇唏噓欲絕，真可謂是被侮辱被損害者的血淚控訴，是不屈不撓者對黑暗社會的傳檄聲討，是偉大的民族精英在身殘處穢中關於人生觀、世界觀的宣言。全文不足三千字，字裡行間流露著對不平社會的憤慨與厭惡，深刻地揭露了封建統治者的殘暴，表現了作者高尚的人格，揭示了中國古代文化史上有成就者困頓落魄、發憤著書的客觀規律。

天下至文，無不以至誠之情為其本。〈報任安書〉時訴時泣時怨時怒，或議論或抒情或敘述，無不妙成文章。這種撼人魂魄的藝術力量來自司馬遷那挾風雨、泣鬼神的筆力，而筆端萬鈞之力主要來自作者對世態人情的深切感受，而內心強烈的感受主要來自作者悲苦的人生遭際。書信筆力矯健，結構嚴密，文辭奇肆透闢，寫人生痛苦的境況如在目前，抒隱忍發憤的感情毫末不遺，令當今人讀後，仍無不為作者的不幸遭遇而傷情流淚，無不為作者無堅不摧的人生信念而激動振奮，無不與作者心心相映，永遠對人生與未來充滿信心和希望。

《史記》中悲劇人物的不同命運

《史記》所記雖然從軒轅黃帝開始，但大量集中的記載還是從春秋末期到漢武帝時期五百多年間的歷史人物。在這個消滅舊的封建領主制與創立新的封建地主中央集權制的歷史過程中，新舊階級的對抗與鬥爭異常地激烈與殘酷，各地戰爭連年不斷，屠戮掠奪司空見慣，成千上萬的群眾為了迎接新社會的誕生而付出了生命，就連社會上各種勢力的代表人物，也都為實現自己的理想而慷慨赴難、前仆後繼。這是一個動盪巨變的時代，是一個英雄輩出的時代，雄壯與悲慘是這個時代的主旋律，悲壯的時代特色給這個時期的歷史人物普遍地塗上了悲劇的色彩。司馬遷客觀地把握住了這一時代人物的特徵，在《史記》人物傳記中，差不多有一半的篇目是為悲劇命運的人物而立的，一部《史記》大約寫了一百二十多個不同悲劇命運的人物。在這些悲劇性的人物中，有的是曾叱吒風雲、左右局勢但後因某些過失而導致事敗而身亡的英雄，如〈趙世家〉中的趙武靈王，〈吳太伯世家〉中的吳王夫差，〈項羽本紀〉中的項羽，〈淮陰侯列傳〉中的韓信等；有的是自覺或不自覺地捲入權力之爭，最終成為權勢慾的無辜犧牲品，如〈晉世家〉中的太子申生，〈魏公子列傳〉中的公子無忌，〈李斯列傳〉中的公子扶蘇、丞相李斯，〈呂太后本紀〉中的戚夫人，〈袁盎晁錯列傳〉中的晁錯等；有的克己奉公，盡職盡責，在事業上有所建樹，然不容於世，被嫉賢妒能的惡勢力所吞噬，如〈商君列傳〉中的商鞅，〈屈原賈生列傳〉中的屈原，〈老子韓非列傳〉中的韓非，〈白起王翦列傳〉中的白起等；有的身具賢才盛德，胸懷雄韜大略，或積極進取，屢建功績，但卻坎坷困蹇，生不逢時，終因壯志難酬而被湮沒，如〈仲尼弟子列傳〉中的顏回，〈平原君虞卿列傳〉中的虞卿，〈屈原賈生列傳〉中的賈誼，〈李將軍列傳〉中的李廣等；有的行俠仗義，扶危解困，不畏強暴勢力，勇於自我犧牲，如〈趙世家〉中的公孫杵臼，〈刺客列傳〉中的曹沫、專諸、豫讓、聶政、荊軻，〈游俠列傳〉中的郭解，〈魏其武安侯列傳〉中的灌夫等。

《史記》中多數悲劇性人物，他們卓越的見識、非凡的才華、崇高的理想、高尚的人格都與他們悲慘的命運、毀滅性的結局形成了強烈的對比與反差，司馬遷懷著敬仰、崇拜的感情，和著愛憐、同情的淚水來刻畫與評價這些人物。如他在〈屈原賈生列傳〉中對屈原表示了由衷的景仰：「余讀〈離騷〉、〈天問〉、〈招魂〉、〈哀郢〉，悲其志。適長沙，觀屈原所自沉淵，未嘗不垂涕，想見其為人。」在〈刺客列傳〉中讚揚了刺客們的抗暴精神：「自曹沫至荊軻五人，此其義或成或不成，然其立意較然，不欺其志，名垂後世，豈妄也哉！」在〈李將軍列傳〉中對李廣的死表示了痛悼與惋惜：「余睹李將軍悛悛如鄙人，口不能道辭。及死之日，天下知與不知，皆為盡哀，彼其忠實心誠信於士大夫也。諺曰：『桃李不言，下自成蹊。』此言雖小，可以論大也。」這些悲劇性人物身上，都寄託著司馬遷悲劇性的身世感，司馬遷借他人之杯酒，澆自己心中不平之壘塊。晚清劉鶚說：「〈離騷〉為屈大夫之哭泣，……《史記》為太史公之哭泣。」（《老殘遊記‧自序》）

司馬遷懷著深沉的歷史反思精神來刻畫歷史上的悲劇人物，使悲劇人物的悲劇色彩更加濃重。他第一次在我國文學史上創作了如此眾多的悲劇人物與悲劇性格，也是第一個把我國悲劇人物形象藝術創作提高到一個成熟高度的文學家。

以詩傳世的烏孫公主

在漢代，為了與周邊的少數民族化干戈為玉帛，朝廷常常採取和親的政策，即將皇室的公主或宮女嫁給少數民族的頭領，以聯姻的形式加強兩國之間的和睦友好關係。在許多出嫁的女子中，有詩傳世的女子有兩個，這就是烏孫公主和王昭君。

烏孫公主是漢武帝時候的人，原名劉細君，沛（今江蘇沛縣東）人，比王昭君早生大約七十多年，是江都王劉建的女兒，故稱江都公主。元封年中，漢武帝為聯合烏孫共同抗擊匈奴，便把劉細君作為公主，嫁給烏孫王昆莫，江都公主便改稱為烏孫公主。

烏孫是公元前二到一世紀，在我國西北部興起的一個部落，這個部落的人以遊牧的畜牧業為主，兼營狩獵，不務農耕，養馬業特別繁盛，富人畜馬有一人四五千匹的。日常生活以吃肉喝奶為主，隨畜逐水草而居，住帳篷，與匈奴風俗完全相同。

烏孫人原先游牧於敦煌、祁連山之間（今甘肅河西走廊一帶），在首領難兜靡統領時被鄰近的月氏族擊敗，難兜靡被殺，牧地盡被侵占，部落四散，人民都逃亡到匈奴。當時難兜靡的兒子獵驕靡正好剛剛誕生，傳說他的傅父（撫養人）抱他逃難，一路非常辛苦，水無一滴，飯無一口，多虧了狼給餵奶，鳥給哺食，才救活他的命。他的傅父非常驚異，知道他將來一定不同一般人，更加小心地照顧他。

後來逃到匈奴，為匈奴單于所收養。獵驕靡長大後單于把他父親統領的人民歸還給他，讓他統領。他們起初隸屬於匈奴，經常跟隨匈奴人打仗，獵驕靡在為匈奴作戰時曾多次立功，成為遠近聞名的勇士。

從此以後烏孫在獵驕靡的率領下，牧地不斷擴充，人口不斷增加，勢力也越來越大，成為一個較強的部落。老單于死後，烏孫遂不肯附屬匈奴，匈奴雖多次征討，但也無法取勝，也就任其自由了，從此烏孫脫離了匈奴而獨立。獵驕靡建立了他的政權，自任最高統治者，王號稱昆莫，高級官吏有岑陬、大祿、大將、都尉，其次有大監、大吏、騎君等。這時烏孫有人口六十三萬，軍十八萬八千，他所占領的區域，西北與康居、大宛相接，東與匈奴相接，南與城郭諸國相接，成為西北少數民族中的一個強國。

早在漢景帝時張騫就曾建議：「現在烏孫強大了，可以多給他們些財物，讓他們返回故地，並以漢公主嫁給他們的首領做妻，結為兄弟鄰邦，來抵制匈奴的侵擾。」這個建議當時沒有被採納，擱置起來。武帝即位後就令張騫帶了很多金銀珠寶、綢緞布疋、牛馬、土特產品等去說服烏孫昆莫。匈奴聽到烏孫與漢來往密切，很是惱火，準備攻擊烏孫。再加上當時的漢使都是從烏孫出發才到達大宛、月氏等地，使者經常往來不斷。匈奴眼看著就要孤立，所以，把所有的怨恨都指向烏孫，揚言一定要攻破烏孫。烏孫王國上下非常驚恐，趕快派使者帶著好馬作為禮物，去漢朝聯絡，說願意接受漢朝以前提出的建議，娶漢公主為妻，並與漢結為兄弟鄰邦，共同抵禦匈奴。上次漢主動派張騫出使烏孫，願結為親戚，而烏孫沒有痛痛快快答應，武帝就有些不高興，今天事情緊急了才又找上門來，當然不能馬上答應。武帝見過烏孫使者，就召集眾臣商量對策，群臣一致表示，應該與烏孫結為兄弟鄰邦，但嫁公主的事應按漢朝的禮節，烏孫先拿來聘禮，然後才能送去公主。於是烏孫以一千匹馬作為聘禮來娶漢公主，漢朝在武帝元封六年（公元前一〇五年），把江都王劉建的女兒細君嫁給烏孫昆莫為妻。行前，皇上送了車輿、衣服、各種用品，還派去侍御、宦官、各類屬官幾百人隨細君公主同去烏孫，昆莫把細君公主封為右夫人。匈奴聽到烏孫昆莫與漢和親，娶了漢公主為妻，也送了一個女子給烏孫昆莫，昆莫不敢不接受，把她封為左夫人。

細君公主到了烏孫後，因不習慣烏孫住帳篷的習俗，自己建宮室與她的侍奉、隨行人員單獨居住，逢節日時用漢朝的習俗置辦酒席，與昆莫會面，同時也把一些綢緞、服裝送給昆莫的那些姬妾。禮儀看起來很豐華，而實際上只是表面熱鬧。每當此時，公主看著那個年老昏聵、語言不同的老昆莫，心中的悲涼和酸楚之情都會油然而生。她想起了家鄉，想起了親人，想自己遠別鄉親，來到這荒涼的草原，整日看到的是牛羊駱駝和茫茫無邊的草地，聽到的是胡音蠻語和刺耳的北風呼嘯，心裡的寂寞失落、悲楚傷痛無處訴說，無處發洩，於是作了一曲悲歌：

吾家嫁我兮天一方，遠托異國兮烏孫王，
穹廬為室兮旃為牆，以肉為食兮酪為漿，
居常土思兮心內傷，願為黃鵠兮歸故鄉。

不久，這首詩就傳到了漢廷，武帝聽後非常憐憫細君公主，馬上派人去看望，並告訴專門負責的人，每隔一年就派專使去探望一次細君公主，順便帶些漢朝的帷帳、錦緞之類的物品贈送給她，以減少些思鄉之情。

又過了幾年，烏孫昆莫因為年老不能再理國政了，準備把王位傳給他的孫子軍須靡。

按照他們的風俗，繼承王位者要繼承前王的所有權力，包括居室、用品、姬妾等，這樣細君公主還得再做軍須靡的妻子。細君公主不能接受他們這種風俗，於是上書武帝訴說情況，武帝只好勸說細君，遵從他們的習慣，以漢室利益為重。細君只好忍辱曲從，繼為軍須靡的妻子。

漢王朝雖以「和親」政策換取了邊疆的安寧，但卻犧牲了許多女子一生的幸福，造成她們青春葬送、終身遺憾的悲劇。細君公主的悲歌就充分地反映了這一點。「吾家嫁我兮天一方」，表達了她對「家」也就是朝廷的抱怨之情，不顧女兒的幸福，遠嫁她到遙遠的天的另一方，難道朝廷不狠心嗎？託身於異國一個老邁昏瞶的人，能可靠嗎？異國的風俗、異國的語言、居處飲食，都難以接受，每一點都令人思念故鄉，思念親人。可是一個封建社會的女子，有如牢籠中的一頭羊，只有遙望天空，希望變成一隻鴻鵠飛回家鄉，飛回父母身邊。

劉細君的悲歌，字字淚，聲聲怨，其言如泣，其情可悲，讀了令人心酸，催人淚下。詩歌七言六句，句句押韻，為後代的七言詩從形式上作了嘗試，楚辭句式又加強了悲歎的感情濃度。開張的韻調與壓抑的心情形成強烈對比，給人一種既放而不能、既抑而不忍的感覺。

樂府：掌管宮廷樂舞的機關

從秦代開始，就有了掌管樂舞的機關——樂府。一九七七年，在陝西秦始皇陵墓旁出土的秦代編鐘上已有了「樂府」字樣的篆刻。但秦代的樂府規模很小，並且主要是為皇宮祭祀而設。

在漢代，伴隨著經濟的發展和文化的繁榮，樂府開始逐漸擴大。《史記・樂書》曾記載說明漢武帝時樂府的規模較以前有了很大的發展，樂府的職能也較秦代樂府的職能有所擴大，這一時期樂府從過去單一的組織皇宮祭祀音樂，發展為還要為朝廷的集會、飲宴、迎賓、巡遊等各項活動奏樂和歌舞。

從規模上看，這一時期樂府的大小官吏和屬下曾達到過八百多人。這些人中，有譜曲、編導的「專家」，有演奏、演唱和舞蹈的演員，有化妝師、道具師、佈景設計等專職人員。

這時期的樂府機關還要派出一些人員去各地蒐集民謠、民曲。當時的樂府派出人員去採集民謠民曲，採集的範圍遍及整個中原地區。樂府採詩的目的也和周代一樣，有為統治者服務的意圖，但在客觀上也起到了保護民歌的作用，使民歌得以流傳。據《漢書・藝文志》記載，西漢時樂府採集各地的民歌有：吳、楚、汝南歌詩十五首，燕、代、雁門、雲中和隴西歌詩九首，邯鄲、河間歌詩四首，齊鄭歌詩四首，淮南歌詩四首，左馮翊秦歌詩三首，京兆尹秦歌詩五首，河東蒲反歌詩一首，洛陽歌詩四首，河南周歌詩七首，周謠歌詩七十五首，周歌詩二首，南郡歌詩五首，共計一百三十八首。這個數字已接近《詩經》中〈國風〉的篇目。但這些篇目沒有完全流傳下來，現存的漢代樂府民歌（包括東漢）約為五六十首。

漢代樂府詩分為郊廟歌辭、鼓吹曲辭、相和歌辭、雜曲歌辭等。郊廟歌辭多數為文人創作，如高祖唐山夫人作的〈安世房中歌〉。鼓吹曲辭是朝廷集會和巡遊時儀仗隊用的曲辭。相和歌辭和雜曲歌辭是採集的民歌和一些模仿民歌的文人作品。

漢樂府詩（包括漢代文人的民歌體仿作），現在一般稱作漢樂府民歌。還有人管它叫「漢樂府」。現存的漢樂府民歌包括前、後漢的作品，這些樂府民歌有豐富的社會內容和積極的思想性，廣泛深刻地反映了兩漢時期的社會生活。

漢樂府詩中有寫人民貧賤和因此而對統治者的壓迫剝削進行反抗的。如〈東門行〉、

〈婦病行〉、〈陌上桑〉等。〈東門行〉寫了一個城市貧民在「盎中無斗米儲」、「架上無懸衣」的情況下，不甘心再受官府的殘酷壓榨，而「拔劍東門去」，走上了抗爭的道路。〈婦病行〉寫了病婦一家的悲慘遭遇，無衣穿，無飯吃，「空舍」一貧如洗，反映了漢代勞動人民的生活慘景。〈陌上桑〉則寫一女子拒絕太守無理調戲，敢於鬥爭的精神。

有的漢樂府詩寫戰爭和徭役給人民帶來的深重苦難。如〈戰城南〉、〈十五從軍徵〉、〈小麥謠〉等。〈戰城南〉寫了「野死不葬」的淒慘景象，詩中通過描寫陣亡戰士暴屍荒野，後方田園荒蕪凋敝，譴責了戰爭的罪惡。〈十五從軍徵〉以一個「十五從軍徵」而「八十始得歸」的老兵自述揭露了當時兵役制度的荒唐和黑暗。〈小麥謠〉寫男子盡被徵調作戰，後方生產全歸女子承擔，田園禾苗枯黃，人民生活艱難。

還有一些詩寫男女愛情和封建婚姻制度對青年男女的迫害。如〈有所思〉、〈上山採蘼蕪〉、〈孔雀東南飛〉等。〈有所思〉寫一個女子曾熱戀過一個男子，但當她得知所愛之人已經負心，就憤然將男子所贈之物統統砸碎、燒毀，表示要與負心男子斷絕情誼。〈上山採蘼蕪〉是寫棄婦與前夫在路上偶然相遇的問答辭，揭露了前夫喜新厭舊的行為，反映了封建社會婦女受人擺佈的悲慘遭遇。而〈孔雀東南飛〉不僅是漢樂府中的珍品，也是我國文學史上一首優秀的敘事詩。這首長詩通過焦仲卿夫婦雙雙殉情的悲劇，反映了在封建勢力壓迫下男女青年的不幸遭遇，控訴了封建家長制與封建禮教摧殘人性的罪惡，歌頌了封建社會重壓下忠於愛情的男女青年不屈的反抗精神。

漢樂府民歌所反映的社會生活面是非常廣闊的，它所塑造的人物形象是非常生動與鮮明的，它繼承與發展了《詩經》的現實主義傳統，對漢代社會生活的本質作了真實的描述，表達出了漢代人民特有的感情與願望。

漢樂府民歌在思想和藝術方面都達到很高的成就，是漢代詩歌中最豔麗的奇葩。漢樂府民歌語言樸素自然，句式不拘一格，長短隨意而定，是當時的新體詩歌。

掌握樂舞的機關——樂府，由於採集民歌而使它的影響深遠，以至於我們在寫文學史的時候，都要給它寫上濃重的一筆。

〈北方有佳人〉與〈秋風辭〉

李延年（？—約公元前九〇年），漢代音樂家，中山（今河北定縣）人。出生於音樂世家，父母兄弟都是樂人，他也能歌善舞，會編造新曲。李延年早年因犯法受到宮刑，給事狗監中，也就是當了宦官，因為他精通音樂，得到漢武帝的喜歡，曾任漢武帝宮中的「協律都尉」，曾為〈漢郊祀歌〉十九章配樂，並仿西域的〈摩訶兜勒〉曲作「新聲」二十八解（稱為橫吹曲）。

漢武帝劉徹是一個愛好文藝的帝王。他自己也能詩善賦。他在位的五十四年間，一直招攬文士，鼓勵創作。他還擴大了掌管樂舞的機關——樂府的規模與職能。

漢武帝很賞識李延年的才華。李延年在宮中除為樂府歌謠配樂外，還常被漢武帝叫去表演歌舞。有一次，漢武帝欣賞了宮女的表演後，要聽李延年所作的新曲，李延年隨著音樂邊舞邊歌，他唱道：

北方有佳人，絕世而獨立。一顧傾人城，再顧傾人國。寧不知傾城與傾國，佳人難再得！

一曲歌舞畢，聽者無不感動，漢武帝感嘆地說：「好啊！難道世上真有這樣傾城傾國的美人？要是有，我真想見見她。」李延年心中的「北方佳人」，就是他那遠在北方的妹妹，當著眾人的面，儘管武帝詢問，也不好說呀！

像所有的皇帝一樣，漢武帝也是一個十分好色的皇帝。他的後宮美女多達八千人。他出巡時，隨車要帶十六個美女。據《太平廣記》記載說，有一次漢武帝穿著普通人的衣服去私訪民間，見到一家主人的婢女長得俊俏，恰逢這家主人不在，漢武帝就和這個婢女鬼混，夜晚還住在這家裡，主人回來後發現，漢武帝險些喪命。漢武帝的大姐平陽公主深知皇帝的癖好，經常為她弟弟選美女、歌女和舞女，不時送給他享用。

這天，平陽公主聽說武帝想見「北方佳人」，就告訴漢武帝說：「聽說李延年有一個妹妹，就是一個北方絕色美女。」漢武帝聽後，喜形於色地說：「快把她召進宮來，我要立刻見她！」於是平陽公主傳聖上口諭，讓李延年回家接他妹妹來京見駕。

李延年不敢怠慢，急忙備了一匹快馬，從都城向家鄉奔去。一路上他的心情是喜憂參半，喜的是皇上急著要見他的妹妹，妹妹也許會因此而成為貴妃，自己也會更加榮耀。憂的是妹妹從小受父母嬌慣，是父母的掌上明珠，她會不會去見皇上？假如見了皇上，皇上不喜歡怎麼辦？假如真的留在宮中，這後宮可是個是非之地……

他真有些後悔，後悔不該給漢武帝唱「北方有佳人」這首歌。

李延年曉行夜宿，不幾日終於風塵僕僕地回到了中山老家。父母見延年回來十分高興，忙著要給兒子準備飯菜，打掃房間。延年急忙稟告父母說，這次回來是要接妹妹上京城見聖上。妹妹年紀還小，聽說要讓她進京見皇上，急得哭了起來。一家人好生撫慰，她才算答應了。他們連夜給她收拾行裝，準備第二天上路。

李延年和他的妹妹來到長安，歇息梳洗打扮完畢，便一起進了皇宮。漢武帝一見，果然娉娉婷婷，風采照人，當即納為后妃，賜名李夫人。李夫人不僅長得妙麗動人，而且也像她哥哥一樣，能歌善舞。因此，深受武帝寵愛。

漢武帝好色而且喜新厭舊，但對李夫人卻是例外。李夫人進後宮後，武帝對她的愛意一直有增無減。

漢武帝的原配夫人陳皇后，原名阿嬌，是漢武帝的表妹。漢武帝幼年時就十分喜愛阿嬌，他曾說如果他娶了阿嬌，就用金房子把她藏起來，即所謂的「金屋藏嬌」。

漢武帝廢陳皇后以後，又寵愛了衛子夫，衛子夫後來為劉徹生了一個兒子，被立為皇太子。衛子夫年老色衰後，也逐漸失寵了，武帝又移情於李夫人。

漢武帝和李夫人之間有過許多故事。例如有一次，李夫人有病，漢武帝前去問候，李夫人卻躺在床上蒙頭不見。漢武帝想看她的容顏，李夫人說：「妾現在病得厲害，容貌不端莊，不能見皇帝。妾只有一個願望，就是希望皇上能照顧好王子和我哥哥。」漢武帝一心想看見李夫人的面容，就說：「夫人，你面對面囑咐王子和你哥哥的事不更好嗎？」李夫人仍然蒙頭說：「婦人容貌沒有修飾，不能見皇上。」皇上說：「夫人只要見我一面，就賞你千金，並且給你哥哥加官。」李夫人說：「加官在於皇上，不在於見一面。」漢武帝只好掃興地走了。李夫人病好了以後，和她親近的嬪妃姐妹都責怪她不該不見皇帝。李夫人向她們解釋說：「我不見皇帝的原因是為了我的哥哥。因為我以容貌美好侍奉皇上，而容貌衰敗後皇上的恩愛也就不會有了。皇上現在想我念我，也就是因為我平時的容貌美麗。如果見我有病貌醜，一定會討厭我，還會照顧我的哥哥嗎？」

李夫人因病死後，漢武帝思念不已，常常在夢裡夢見她。一位叫少翁的道士對漢武帝說：「你想見李夫人，我可以讓她的靈魂過來。」他讓漢武帝點燃蠟燭，掛好帷帳，放好酒肉，並坐在帷帳裡等著。漢武帝等了一會兒，從帷帳裡遠遠看見有一個美麗女子好像李夫人似的，只是不能過去親熱。漢武帝更加思念，他寫了〈李夫人歌〉：

是邪非邪，立而望之，偏何姍姍其來遲。

漢武帝還作過一篇〈秋風辭〉，表示對「佳人」的無限思念之情。

秋風起兮白雲飛，草木黃落兮雁南歸。蘭有秀兮菊有芳，懷佳人兮不能忘。泛樓船兮濟汾河，橫中流兮揚素波。簫鼓鳴兮發棹歌，歡樂極兮哀情多，少壯幾時兮奈老何！

漢武帝還有一篇〈悼李夫人賦〉，可見，漢武帝對「北方佳人」李夫人真的動了感情，他對其他妃姬從未有過如此的傷感。

李延年每為新聲變曲，本都是「應制」而作，但他的「北方有佳人」卻是有感而發；

他又學習樂府民歌寫人的技巧，以映襯的手法，從側面寫全城、全國人對「佳人」的注目，來體現「佳人」的奇美，以大膽驚人的極度誇張手法描摹了「佳人」的絕色，這種獨特新奇的描寫可謂是前無古人。難怪乎令漢武帝那樣動心，那樣執著，難怪乎這首佳人詩能傳誦至今。

〈東門行〉：一曲反抗者之歌

在漢樂府民歌中，〈東門行〉是一首具有代表性的作品：

出東門，不顧歸。來入門，悵欲悲。盎中無斗米儲，還視架上無懸衣。拔劍東門去，捨中兒母牽衣啼：「他家但願富貴，賤妾與君共哺糜。上用倉浪天故，下當用此黃口兒。今非！」「咄，行！吾去為遲！白髮時下難久居。」

詩作大致敘述了這樣一個故事：

在一座城市裡，住著一個三口之家，夫妻倆雖然還算年輕，但由於漢朝末年連年戰亂，城市百業凋敝，他們雖然有力氣，但沒有工作也賺不到錢，生活十分貧寒。環視家中，沒有什麼值錢的東西，只有牆角邊放著一個小口大腹的瓦罐子。他們年幼的孩子也瘦得皮包骨頭。孩子的父親由於常常暗自愁苦，所以雖然年紀輕輕的，卻已是滿頭白髮，顯得十分蒼老。

這一天，他又出去攬活兒賺錢，但由於窮人多，富人少，想找個雇主幹點活兒真是難於上青天。他在街市上轉悠了半日，也沒有賺到一文錢。太陽偏西的時候，他腹內空空地邁著沉重的步子回到家。他心情極壞，真想大哭一場。

他想出東門外乾那種可怕的事，但出了城東門後，卻又放心不下妻子和孩子，又折回了家門。他肚子餓得實在忍不住了，他想吃東西，但家裡沒有飯可吃。他揭開瓦罐子，看到裡面只有罐底可憐的一點點米了。他想起好多年了，家裡人誰也沒有吃過一頓飽飯。

他看了看妻子和妻子懷抱裡的幼兒，都是像黃花一樣瘦削的臉。他們跟著他同樣也只有每日忍飢挨餓。他親了親可憐的孩子，淚水不由湧出。

他看了看孩子和妻子的衣服，都早已破爛不堪，快要不能遮羞了。他想起好幾年了，也沒能給妻子和孩子添一件新衣。看看牆邊的衣架上，早已是空空的，沒有掛一件衣服。

他想：這今後的日子可怎麼過呢？他想不出一點好辦法。

他在絕望中，想起那些可恨的財主和巧取豪奪的官吏，占有著土地，占有著作坊，整日大腹便便，欺詐百姓，聚斂錢財……不由得「怒從心上起，惡向膽邊生」，他看著牆壁上掛著的那把劍，眼裡冒出了火焰。他把劍迅速取下，匆匆要走。

孩子被嚇哭了，妻子緊緊拉住丈夫的衣襟哭著說：「別人家有錢我不羨慕，我願意跟著你一輩子吃糠咽菜。」

丈夫仍然執意要走。

妻子又說：「你要對得起老天爺啊！你要對得起孩子啊！你這樣拿著劍出去可不行啊！」

他推開妻子說：「你走開！我決心要走！你不要再拉我了，我早就該走了，你看我的頭髮都愁白了，頭髮都愁得掉光了，這樣的苦日子我受夠了，這種吃沒吃穿沒穿的日子我再也過不下去了！」

他推開妻子的手，提著利劍向著東門大步走了，他遠遠聽到的是妻子和孩子慘悽的號哭。

〈東門行〉雖然只是短短的幾句，但詩中蘊含的意味是深長的。這首現實主義的詩篇揭示了當時人民缺吃少穿的飢寒交迫的生活，揭示出了當時社會的黑暗，揭示出了人民群眾被迫走上「犯上作亂」道路的原因。

詩中成功地運用了簡潔的對話來刻畫人物性格特徵，表達主題思想。從妻子和丈夫的對話中，我們可以看到妻子對丈夫深深的愛。她願意和丈夫同甘共苦，她不追求富貴榮華，不羨慕漂亮衣衫和美味佳餚，寧願吃苦，逆來順受。她也有點兒迷信思想，相信上蒼，她不願意讓丈夫去冒險。

丈夫回答得十分堅決：「咄，行！吾去為遲！」說明自己主意已決，九牛之力也拉不回了。長期積壓在心中的憤懣一旦爆發是誓死不回頭的。

〈東門行〉這首詩還成功地運用行動描寫來刻畫人物。詩中用「出東門」、「來入門」寫出了主人公內心的痛苦和猶豫；用「還視」、「拔劍」的動作描寫主人公由反覆猶豫到最後下定造反的決心。這些行動描寫成功地刻畫了一個被逼無奈而最後走上反抗道路的被壓迫者的形象，以此說明了當時千萬人民走上農民起義道路的原因是為窮困所逼。

〈東門行〉採取雜言的形式，句法不拘一格，長短相濟，靈活多變，保持了漢樂府民歌特有的質樸。

〈東門行〉這首精煉的樂府詩，使我們不由想起了唐代大詩人杜甫的偉大的現實主義詩篇，想起了《水滸傳》中那些被逼上梁山的造反者，由此可見樂府詩對後世詩文的影響是深遠的。

〈孤兒行〉：孤兒的血淚控訴

〈孤兒行〉一名〈孤子生行〉，又名〈放歌行〉，這篇樂府敘事詩屬於〈相和歌·瑟調曲〉古辭，作者無名氏。它以第一人稱的口吻傾訴了一個孤兒的苦難生活：受盡了兄嫂殘酷的奴役和虐待，竟然達到走投無路、悲痛欲絕的地步。它描寫的雖然只是一個家庭中孤兒的苦難遭遇，但卻帶有一定的典型意義，它是受難者對悲劇製造者的血淚控訴，可謂字字是血，聲聲是淚。因此，雖然它所描寫的只是一個家庭的事情，但它卻生動而深刻地反映了在封建家長制的桎梏下，人情淡薄、世態炎涼，孤兒處於莫知我艱、莫知我哀的悲慘境地，從而揭示出封建社會階級剝削的殘酷性和奴婢的痛苦生活。作者在詩中傾注了對孤兒的無限同情，揭露了剝削階級的凶惡面目，有廣泛的社會意義。

這首詩所反映的故事情節大致是這樣的：詩的頭三句點出「孤兒苦」，是全詩的基調。

接著通過孤兒「行賈」、「行汲」、「收瓜」三個典型故事，極力描寫兄嫂對幼弟的百般虐待。故事曲折多變，文字波瀾起伏，有很強的感染力。

詩中首先寫道孤兒原先「乘堅車，駕駟馬」，原是富裕人家。按理說，這樣的家庭出身，即使父母死後，孤兒的生活也應該是有著落的，在吃穿上也是用不著犯愁的，但兄嫂非但沒有盡到自己應盡的責任和義務，善待幼弟，反而大肆虐待他，不僅讓他穿得襤褸，而且還逼迫他到外邊去做買賣，從中榨取他的血汗。在這種強烈的反差中，深刻揭露和控訴了兄嫂的殘忍卑劣、喪盡天良。正是他們的一個「令」字，給孤兒帶來吃不完的苦，表現出封建家長制乃是罪惡之源。「頭多蟣蝨，而目多塵（土）」，描述孤兒形象具體細緻，淺而能深，近而能遠，「蟣蝨」和「塵（土）」裡正蘊含了孤兒外出行賈，「南到九江（今江西安徽一帶），東到齊與魯（今山東）」的邋遢模樣、狼狽境況。試想，在當時的社會中，外出行賈要跋山涉水，且路途險惡，強盜出沒，是多麼不易！更何況他還是一個孩子，他要想在激烈的買賣角逐中有所盈利，就得比別人吃更多的苦、遭更大的罪。

繼此之後，作者接著寫孤兒回到家中所受到的非人待遇：孤兒寒冬臘月才趕回家中，本來就夠辛苦勞累的了，但兄嫂一刻也不讓他閒著，拿他當奴僕使喚，一會兒讓他做飯，一會兒又讓他餵馬，甚至還差使他遠出挑水。孤兒無奈，只好頂風冒雪，早出晚歸地往家裡挑水。由於缺衣無鞋，天寒地凍，在汲水的路上，孤兒的手凍傷了，腳凍裂了，腿肚子也被霜雪地上的蒺藜刺破了。但為了能把水挑到家，他只好忍著劇痛，踉踉蹌蹌地往家趕。如此這般，愴恨加上悲怨，孤兒怎麼能不涕淚漣漣？這樣活著還有什麼意思？他四顧無望，覺得還不如早死，到地下黃泉去追隨已故的父母。這哪裡還有兄弟手足之情，完全變成貴族與奴僕的階級對立的關係了。孤兒苦不堪言、悲痛欲絕的遭遇，恰恰說明兄嫂的虐待是令人髮指的。

詩歌又通過孤兒「收瓜」的故事，進一步道出了世俗的險惡：三月植桑養蠶，六月田裡收瓜，一年四季沒有空閒之時。作者還特寫運瓜回家路上的情景，深刻反映社會黑暗與世態炎涼，可見人情薄如紙的並非一家。孤兒在家受凌虐，在外也得不到世俗的同情和協助：就在他往家推瓜的路上，因道路坎坷而車翻瓜落，路人見其幼小、身單力薄，有不少人不僅不相助，反而乘機打劫，白拿白吃地上的瓜。孤兒不禁焦急萬分，四顧哀求他們把瓜蒂留下作為憑證，以便回家有所交代。因為瓜少了，嚴厲的兄嫂一定會拿他是問的，是一定不放過他的。這段文字不僅進一步表現了兄嫂的橫暴，更寫出孤兒還同時承受著世俗的欺壓，從而揭示出孤兒苦。弱小者受欺壓，乃是普遍的社會問題。最後的「亂」是樂曲的尾聲，描寫了兄嫂早已在家等得不耐煩，正在破口大罵。可以想象，孤兒收瓜稍晚一點就遭毒罵，如果知道他翻車落瓜，眾人哄搶後所剩無幾，那兄嫂還不暴跳如雷，對孤兒鞭杖相加？孤兒確實難以繼續這種暗無天日的日子了。他最迫切的願望，是要讓父母在天之靈知曉兄嫂的負情絕義，自己絕不能繼續與他們一起生活下去！這是走投無路的孤兒對殘酷壓迫的憤怒譴責和血淚控訴！

這首詩突出的藝術特徵在於語言樸素自然而充滿感情。它把敘事與抒情結合起來，因而具有強烈的感染力。由於詩的作者就來自民間，作者和他所描寫的孤兒有著共同的命運、共同的生活體驗，所以敘事和抒情便很自然地融合在一起，做到「淺而能深」。〈孤兒行〉對孤兒的痛苦沒有作過多的喟嘆，而著重於具體描繪，也是值得注意的一個特點。

〈陌上桑〉：聰明的美女羅敷

〈陌上桑〉是一首以敘事見長的長詩，最早見於《宋書・樂志》，題為〈豔歌羅敷行〉，《玉臺新詠》以此詩的首句為題，作〈日出東南隅行〉，宋代郭茂倩輯的《樂府詩集》中把它歸入〈相和歌辭・相和曲〉中。〈陌上桑〉全詩分為三解，「解」是樂府詩段落的意思，在第一解中敘述了這樣的故事：

漢代有一戶姓秦的人家，生了一個美麗的姑娘，取名叫羅敷。羅敷長到十七八歲的時候，出落得更漂亮了，如出水芙蓉一般嬌豔，像天女下凡一樣瀟灑，明眸皓齒，柳眉雲鬢，神姿英發，容顏絕世。不施脂粉就覺光彩照人，不著錦繡就顯得華麗奪目。羅敷成了遠近聞名的美人，誰見了都得多看幾眼。即使那些擔著擔子、匆匆忙忙趕路的人見了羅敷也要放下擔子，注目觀看，分外多歇一會兒；那些年輕人見了羅敷更是神醉魂迷，情馳魄散，心猿意馬，手足無措，一會兒不自覺地脫下了帽子，一會兒又整理著頭巾，想引起羅敷的注意。就連一天忙於生計的農民也不例外，耕地的人看見羅敷竟忘了自己手中扶的犁；鋤禾的人見了羅敷也不由自主地停下了手中的鋤頭，他們看著羅敷竟半晌忘了幹活，直到回家後，才後悔只貪看羅敷什麼事都沒幹成。

羅敷不僅生得漂亮，而且還很勤快，她尤其喜歡採桑養蠶。有一天，羅敷獨自到城南去採桑，她挎著用青絲繩做籃籠、用桂樹枝做提柄的精緻的小桑籃，邁著輕盈的步履在田間小道上一邊走一邊採摘桑葉，她的身姿綽約，裊裊婷婷，就像春風擺柳一般柔美。今天，她打扮得也格外嫵媚動人，頭上梳著微微偏斜的倭墮髻，耳朵上戴著西域產的明月寶珠，上身穿淡紫色綾子做的短襖，下身穿杏黃色綾子做的裙子，在一片翠綠的桑林映襯下，分外醒目。她左採右摘，忽前忽後，動作輕捷，簡直就像一隻漂亮的蝴蝶在上下翻飛。這是本詩第一解的內容，在這一解中作者從不同角度，尤其是從觀賞羅敷的角度，用不同的手法，尤其是用襯托的手法，描寫了羅敷的美貌。

羅敷採著採著，一會兒，只聽車聲隆隆，從南面來了一輛五匹馬駕的車子，一看就知道是太守乘坐的馬車。車子越走越近，不一會兒就來到離羅敷不遠的地方了。當經過羅敷這裡時，車子徘徊起來，幾個來回後便慢慢停了下來。太守坐在車上目不轉睛地盯著羅敷，從頭看到腳，從衣服看到桑籃，從形體看到動作，越看越喜歡，越看越不想走，馬車停了好一陣子，還不見走。又過了一會兒，太守派了一位小吏問羅敷是誰家的姑娘，小吏問清楚後趕忙報告太守，是秦家的姑娘；一會兒，太守又讓小吏問羅敷多大年紀。羅敷不願搭理他們，低頭只顧採桑，小吏打量了打量，向太守說，大約十五六歲，不到二十歲的樣子。不懷好意的太守死皮賴臉，纏著羅敷不走，又要問這，又要問那，最後竟恬不知恥地問羅敷願不願意跟他坐車走。羅敷早已一肚子不高興了，面對太守這樣野蠻無禮，仗勢欺人的做法，羅敷十分氣憤，也不管他是什麼等級的官，立即上前義正辭嚴地說：「你這個做官的人怎麼這樣愚妄，你有自己的妻子，我有自己的丈夫，你為什麼光天化日之下調戲良家女子？你們這些當官的不是最講仁義道德嗎？難道調戲別人的妻子就是仁義？霸占婦女就是道德？我也是官家的夫人，你就趁早收起你的邪心吧！」太守聽了又羞又惱，無言以答。這是本詩第二解的內容，在這一部分中作者寫使君路遇羅敷便心生歹意以及羅敷與使君的對答，不僅突出了羅敷的美貌，更表現了羅敷內心的純潔與節操。

羅敷理直氣壯地斥責使君愚蠢、妄想之後，又怕使君仗勢施暴，她抓住使君欺軟怕硬的心理，隨機應變，誇耀自己的丈夫，以自己丈夫文武雙全、地位顯赫，使使君自慚形穢，無地自容，再不敢有什麼非分之想。

羅敷說：「我的丈夫在東方做官，他外出的時候，聲勢特別大，常常有一千多人跟隨在後，他騎著高頭大馬，走在行列的最前邊。儘管在眾多的人中間也很好識別他，後面老跟著一匹黑馬的那個騎白馬的大官就是他。我的丈夫騎的那匹馬，用青絲繫著馬尾，用鑲金的絡頭籠著馬頭，富麗而又威武。他腰中佩帶的鹿盧劍，柄上有金玉鑲嵌，價值幾千萬金。他十五歲時在太守府當小吏，二十歲就到了朝廷當大夫，三十歲當上了侍中郎，四十歲就成為一郡之長。他長得英俊端莊，皮膚白皙而美麗，留著很好看的鬍鬚，他緩緩踱著官步，在衙門來回走著，很有風度，在官員們集會時，在座的幾千人都一致稱讚我的夫婿人才出眾。」羅敷越說越揚眉吐氣，而太守越聽越威風掃地，看到討不了什麼便宜，便灰溜溜地逃走了。羅敷取得了徹底的勝利。這是本詩最後一解的內容，在這最後一解，雖正面鋪寫羅敷丈夫英武形象，但卻從側面烘托羅敷機智聰明的形象，羅敷不僅正派，而且富有智謀。

〈陌上桑〉這篇詩歌，像一部幽默生動的小喜劇，用詼諧的筆調諷刺了一個卑鄙無恥的太守，實際上也是對統治階級荒淫無恥的揭露與鞭撻。太守這個「地頭蛇」，蠻橫無理，以勢欺人，以權壓人，光天化日之下調戲有夫之婦。他無法無天，在他看來他就是法，他就是天，在他統治下的小民就該俯首帖耳，唯命是從，任他宰割。但他在羅敷面前碰了個大釘子，只能灰溜溜地逃走了。這也歌頌了羅敷有膽有識，不畏強暴的精神，成功地塑造了羅敷這個美麗、勇敢、聰明、機智的青年女性形象。

感天動地的〈孔雀東南飛〉

「孔雀東南飛，五里一徘徊……」這首哀婉動人的長詩，是我們每個人所熟知的，它是根據東漢末年一對恩愛夫妻雙雙殉情的事蹟和有關傳說寫成的。此詩最早見於南北朝時期陳朝徐陵編的《玉臺新詠》，題目叫作〈古詩無名人為焦仲卿妻作〉，《樂府詩集》中簡稱為〈焦仲卿妻〉，後來不少人依照習慣取詩歌第一句為題，標之為〈孔雀東南飛〉。

這首長詩寫了一對年輕夫婦家庭婚姻的悲劇。劉蘭芝和焦仲卿是在封建制度下結合的，他們雖然都是父母包辦的婚姻，但相處和睦，生活很美滿。劉蘭芝又是一個很幹練的女子，從小就精於女工，「十三能織素，十四學裁衣，十五彈箜篌，十六誦詩書」。十七歲嫁為焦仲卿婦，就開始了她的悲苦生活。辛勤勞作，守節不移，「雞鳴入機織，夜夜不得息，三日斷五疋，大人故嫌遲」。「晝夜勤作息，伶俜縈苦辛」。她侍奉婆婆進止有度，但是因為個性強而不被婆婆所容，致使婆婆嗔怪：「此婦無禮節，舉動自專由」，並絕意要趕走蘭芝，另為兒子娶鄰居中叫秦羅敷的美貌女子為婦。焦仲卿與妻情深意篤，在母親面前再三為蘭芝求情，但母親執意不寬容，並捶床大怒，痛罵兒子。仲卿無奈，只好勸慰蘭芝，讓她暫先回娘家，約定等他到府辦完公事迎接蘭芝回家，並叮嚀再三讓她等待。而蘭芝深知不可能再回焦家，她一邊整理衣物，一邊與焦仲卿哭別。

蘭芝是個性格倔強的女子，她不願灰溜溜地離開焦家。第二天一大早起床，裝飾得光光彩彩，漂漂亮亮和婆婆道別，和小姑道別。但她畢竟在焦家已經三年多了，就要離開了，哪能沒有惜別之情，何況離開這裡後結果又如何呢？不得而知。所以她愁腸百結，思緒萬千。囑咐了婆婆，又囑咐小姑，出門上車，含淚而別。仲卿騎馬在前，蘭芝坐車在後緊緊跟著，一路上二人心情沉重，兩心相依。走到路口分手時，互相傾訴衷腸，信誓旦旦，一個心如磐石，堅定不移；一個是情如紉絲，堅韌不斷，相約一定等待重新見面。

劉蘭芝懷著不安的心情回到娘家，覺得臉上沒有光彩（古時候，女子出嫁後娘家人不去接是不能回娘家的，自己回來就意味著是被趕出夫家門的），母親也大為驚異，她說：「從小教你針線家務，詩書禮樂，十七歲出嫁，原希望你不會有什麼過錯，沒想到你自己回來了。」蘭芝慚愧地對母親說：「我本來沒有什麼過錯，是婆婆太嚴厲了。」母親聽了只是悲痛，也不說什麼了，而蘭芝心裡卻難受極了。

不覺蘭芝回到娘家已十幾天了。忽然有一天縣令派人來保媒，說縣令有個兒子，年齡相配，才貌雙全，願與蘭芝結為夫妻。母親聽了很滿意，讓蘭芝去答應這門親事。蘭芝一心不忘仲卿的囑咐，含淚告訴母親說：「臨別時仲卿一再叮嚀，發誓永不分離，如果我先背棄了他，恐怕不妥，先回絕了這件事，以後慢慢再談。」母親只好婉言謝絕，暫了此事。

不想，縣令的媒人剛走幾天，府裡又派人來了，說太守有個兒子想和蘭芝結親。母親很為難，說明女兒發誓不嫁，家人無法。可蘭芝的兄長聽了非常氣惱，對妹子說：「你做事也得掂量一下，先前你嫁了個府吏被休了，再嫁個太守郎君，本是一件好事，條件也比你先前好得多，嫁了太守公子夠你今生榮華富貴了，不嫁這樣好的美郎君，你長住在娘家做什麼打算？」蘭芝聽了心裡非常酸楚，夫家不被婆婆所容，娘家又不被兄長所容，她仰望蒼天，滿眼含淚地對兄長說：「我中道被休回到娘家，如何處置全由你們，不敢自作專斷。雖然與仲卿有約，但估計也永遠無緣再相會了，馬上答應成婚吧！」媒人高高興興回復了太守，太守當即選擇良辰吉日，置辦聘禮，準備儀仗，聲勢盛大，熱鬧非凡，準備迎親。

轉眼娶親的日子就到了，母親對蘭芝說：「明天就要迎娶你了，你還不趕快做嫁妝？」這時蘭芝心如刀絞，默默無語，掩口泣啼，淚如泉湧。早晨做成了繡花裙，到傍晚又做成了單羅衫。看看天色漸漸黑下來了，她思前想後悲情難忍，悄悄溜出門外哭了起來。

焦仲卿聽到事情發生了變化，他趕忙告假回來。離蘭芝家還有二三里時，蘭芝就聽到了她熟悉的馬的悲鳴。她趕快跑去迎接，她終於看到了仲卿：可他們兩人互相望著，傷心的話不知從何處說起。蘭芝告訴仲卿：「自從別離回娘家後，事情發生了很大變化，母親兄長一再逼迫，把我許了他人，你回來恐怕也沒有什麼指望了。」焦仲卿聽了，嘲諷地對蘭芝說：「祝賀你高就富貴門，我還如磐石一樣堅定不移，可你卻只柔韌一時，你將一天天富貴了，我卻要獨自離開這人世了。」蘭芝說：「你何必這樣說話，都是被逼迫，你要去死，我也同樣去死，咱們黃泉下再見吧！不要違背今天的誓言。」說完二人拉手分別，各回自家。生人作了死的訣別。

焦仲卿回到家裡，心情萬分沉痛，對母親說：「我的命已如冥冥的落日了，只是留下母親日後一個人孤苦伶仃，希望您的身體健康，壽如南山。」母親聽了也落了淚，她說：「你是大家子弟，又在府裡任職，不該為一個婦人而死，我很快就給你求鄰家的那個賢淑的女子做妻子。」焦仲卿已經是心灰意冷了，他獨自回到自己的房中，下定了死的決心。

就在迎親這天黃昏人定時，蘭芝滿懷悲憤跳湖自盡了。仲卿聽到這個消息後，知道這是永遠的別離了，就在這天也掛在自家庭院樹上自盡了。兩人死後，兩家人把他們合葬在一座小山旁，東西種上了松柏，南北種上了梧桐。兩邊的樹很快長高長大，樹枝互相交錯覆蓋在一起，連葉子都相互連成一片。詩人馳騁豐富的想象，最後傷感地寫道：

中有雙飛鳥，自名為鴛鴦，
仰頭相向鳴，夜夜達五更。
行人駐足聽，寡婦起彷徨。
多謝後世人，戒之慎勿忘！

這一雙「相向鳴」的鴛鴦，便是焦仲卿夫婦不死的靈魂，這日夜不息的悲鳴，就是以死殉情者對封建禮教的憤怒控訴。詩人大聲疾呼：後人要以此為戒，不要讓這樣的悲劇再度重演！

這首長詩有三百五十三句，共一千七百六十五個字，是我國文學史上第一首長篇敘事詩。這篇詩歌代表了漢代樂府民歌發展的最高成就，它純粹用民族傳統的藝術手法和風格，敘述了一個完整的故事，對詩歌中的主人公的不幸遭遇寄予深深的同情，對他們敢於反抗的精神加以讚揚，也對人們追求婚姻自由和美好生活的理想通過幻想的形式加以描繪和歌頌。

讀了這首長詩也使我們對封建禮教、封建家長制殘害人們身心的罪惡有了更深的了解。

語言是塑造人物形象的手段，也是抒發情感的工具。這首長詩中的人物形象，既沒有外貌描寫，也沒有性格刻畫，人物的形象基本是通過其個性化的語言顯現的。如蘭芝被遣告別焦仲卿時的一段話，讀了令人感到既生動形象，又情真意切；而兩人作生死別離時的一段話字字血淚，聲聲哀嘆，讀了令人傷心悲慟，深深同情他們的遭遇。

這首長詩開了我國文學史上長篇敘事詩的先河，在故事情節安排方面結構嚴謹，剪裁得當。在反映二人情義深重生離死別這些情節方面寫得較詳細，而寫蘭芝被遣的原因，歸家後的情形都較為簡略；寫第一次保媒略，第二次較詳，因為這樣更能突出蘭芝重情義輕富貴的品格。因此詳略的情節安排，嚴謹完整的故事結構，使全詩雖長而緊湊，沒有拖沓感。詩歌開頭用了比興手法，結尾用象徵手法，使人讀了以後有無盡的聯想。

因一首歌被腰斬的楊惲

楊惲（？—公元前五四年），字子幼，華陰（今陝西華陰東）人，母親是傳記文學、紀傳體史學的鼻祖司馬遷的女兒。作為司馬遷的外孫，楊惲秉承了外祖父那超人的文史才華。他從小就十分愛讀外祖父的《太史公書》，書中那些波瀾壯闊的戰爭，娓娓動聽的故事，栩栩如生的人物，都活靈活現地展示在他的眼前，令他激動不已，感慨萬分，尤其是外祖父司馬遷那剛正的人格和忠於史實追求真理的史德都給他留下了深深的印象。他立志要像外祖父那樣做個飽學多識、堂堂正正的君子。楊惲的父親是當朝丞相楊敞。有了父親這棵「大樹」，再加上本人才華出眾，所以楊惲從小就顯名朝廷。

楊惲生性自負，輕財好義。據史書記載，其父楊敞送給他五百萬家財，他全部分給了宗族親友；其繼母無子，死後數百萬家資也過繼給了他，但他分文未留，將其大部分還給了繼母的堂兄堂侄。楊惲喜歡結交那些風流倜儻、溫文儒雅之士，對權勢顯貴看得很淡。

但史書上說楊惲生性刻薄，好揭人隱私，人多怨恨。實際上楊惲揭人隱私是從國家社稷考慮，有其鮮明的原則性。這是他的仗義之舉，而不是他的人品汙點。在這裡舉一個重要事例，加以證明。自漢武帝以來，霍氏家族日益壯大：自驃騎將軍霍去病至托孤大臣霍光，都是當朝重臣。武帝死後，霍光先是輔佐昭帝，後又廢了昌邑王，從民間物色了劉詢立為皇帝，即漢宣帝。因功勞卓著而權傾朝野，威震天下，其家族也顯赫一時。自漢昭帝以來，霍光的兒子、姪子、女婿乃至外孫都食朝廷俸祿，握有大權，朝中的霍氏家族親黨連體，盤根錯節，這給皇帝帶來了很大的威脅。漢地節二年（公元前六八年），秉政二十年的霍光終於撒手歸西。宣帝劉詢親理朝政。於是宣帝便著手消除霍氏家族的勢力，先後削弱了霍顯、霍禹、霍山、霍雲等人的權力，使他們遠離京城。後來，宣帝開始懷疑許皇后被毒殺一案與霍氏有關，這樣一來驚動了霍氏，他們覺得此事一旦敗露，必誅九族，不如先下手為強。於是密謀廢掉漢宣帝，改立霍禹為帝。不料這一計劃讓楊惲先知道了，楊惲告知了皇上。結果，漢地節四年（公元前六六年）秋七月，霍氏宗族一舉被誅滅。因舉報有功，楊惲被封為平通侯，升中郎將。

楊惲上任以後，勤於治理朝政，法度嚴明，令行禁止，廉潔無私，政績卓著，宮廷內外對他無不肅然起敬。於是又被提升為郎中令。正當他事業發達之時，不料禍從天降。原來楊惲生性剛直，愛憎分明，從不趨炎附勢，尤其是對別人的短處往往直言不諱，因而無意中得罪了一些人。當時的太僕戴長樂曾是漢宣帝在民間時的朋友，劉詢即位後，戴長樂也因此受到皇帝的重用而大權在握。有人對此看不慣，收集了他的一些過失，上書告發他，恰好這時戴長樂和楊惲有些不和，因而戴長樂以為是楊惲指使人幹的，他決定以牙還牙，進行報復，於是編造罪名誣陷楊惲。皇帝沒能明察，信以為真，這樣，楊惲遭到罷免。

失去了爵位的楊惲，回到老家，並沒有像被罷免的其他官員那樣閉門謝客、惶恐悔過，他自知自己無罪，就照常交接賓客，帶著妻兒經營產業，自求娛樂。妻子擅長歌舞，楊惲本人又才思敏捷，所以逢年過節除了殺雞宰羊，還吟詩作畫，即興歌舞。這在當時許多人的眼中，一個貶謫之人，還這樣興高采烈，實在是太荒唐放肆了，簡直是目無王法、蔑視朝廷。但楊惲覺得大丈夫生來就頂天立地，既然沒做虧心事，就不必委屈自己，「人生行樂耳，須富貴何時」。他有一位叫孫會宗的朋友寫信勸諫他，讓他收斂一下。楊惲思考再三，給朋友回復了一封信，一吐心中的不快，字裡行間表達了自己對大自然田野生活的熱愛和對權貴的蔑視。楊惲的姪兒也勸他：「你的罪很輕，又有告發霍氏謀反的功勞，將來還會被重用的。」楊惲聽了淡淡地一笑，說：「有功勞又有什麼用！這樣的天子是不值得替他賣力的。」其清風傲骨由此可見一斑。

不巧當時出現了日食。日食本是一種自然現象，但當時的人們認為是不祥之兆。有人嫉恨楊惲，上書告發他說：「楊惲驕傲奢侈，不知悔改過錯。上天之所以會出現日食，都是因為他的緣故。」於是皇帝派人查辦，搜到了楊惲寫給孫會宗的回信，皇帝對這封信是非常厭惡的，特別是文中有〈拊擊歌〉一首：

田彼南山，蕪穢不治，種一頃豆，落而為萁。人生行樂耳，須富貴何時！

作者取譬設喻，諷刺朝廷綱常紊亂，是非顛倒，抒發了對朝廷的不滿之情。因此，最終皇帝以大逆不道之罪判處楊惲腰斬之刑，他的妻兒也被貶到了酒泉郡。與楊惲要好的幾位官員也都被免了職。

楊惲死了以後，世人常常懷念他的文才和人品。

為妻畫眉、生性率真的張敞

張敞，字子高，祖籍河東陽平（今山西臨汾西南），他的祖父曾做過太守，父親在武帝時官至光祿大夫。張敞生於官宦世家，但他最初做事時，職位卻相當低，只是鄉里的一個小吏，負責處理百姓的鄰里糾紛等事。但張敞很能幹，執法公正，所以提升得很快，不久就做了一個小縣的縣長，後又逐漸升任為太仆丞。太僕丞是太僕的屬官，太僕為九卿之一，其職責是為皇帝駕馭車，掌管御車管理、御馬飼養之事。當時任太僕的是杜延年，他非常看重張敞，覺得這個人耿直忠誠，從不阿諛逢迎，是難得的人才。

張敞也確實因他的耿直個性而升官了。就在他任太僕丞時，漢昭帝死了，沒有子嗣，當時的大將軍霍光建議立昌邑（治所在今山東巨野東南）王劉賀為帝，張敞上書反對，指出劉賀好淫，無德政，不能立為皇帝。而此時劉賀已接受了玉璽，正等著登基呢！但過了幾天，霍光改變了主意，以昌邑王劉賀有淫亂的行為為由，請求太后廢掉王位，另立武帝曾孫劉詢為帝，這就是漢宣帝。張敞也因敢於直諫而聲名大振。確實，在滿朝文武中，敢於說即將登基的新皇帝不是的人，當時也只有張敞一個。張敞因這件事被提升為豫州刺史。他秉性依然，照舊仗義執言，數次上書指陳國政得失，受到漢宣帝的賞識，調他到中央任太中大夫，與大臣于定國共同處理尚書事務，管理政務。

張敞剛正不阿，心中只有國家，絲毫不會曲意迎合權貴，因而得罪了大將軍霍光。霍光將他排擠出朝廷，調任為函谷關都尉。但漢宣帝仍很重視張敞，此時劉賀雖被廢，但仍居昌邑，宣帝怕他作亂，就調張敞去任山陽（治所在今山東金鄉西北）太守，山陽郡即為廢王劉賀的昌邑國。

霍光死後，張敞請求調去當膠東國的相。這時宣帝親自臨朝執政，同意了他的請求。張敞到任後頗有政績。膠東王的母親喜愛打獵，經常外出遊獵。張敞認為這有失國母典雅賢淑的形象，上書諫止。自奏章呈上後，她再也沒有出去遊獵過。

張敞並非只會直言，他也很有才幹。西漢時管理京城及周圍區域的地方官叫京兆尹，朝廷換了數人，都不稱職。皇帝想起了張敞，就任命張敞為京兆尹。當時長安城中偷盜之風極盛，歷任京兆尹都不能禁絕。張敞到任後，經過詳細調查，得知這些小偷是有組織的，他們的頭領只有幾個人，家裡很富有，在鄰里也很有地位。於是張敞派人把這幾個頭領找來，對他們說如果不能禁絕偷盜現象，就拿他們幾個問罪，不但要沒收他們的財產，還要讓他們淪為囚犯，在父老面前失盡身份。這幾個頭領很害怕，便答應配合張敞。張敞委任他們為朝廷官吏，讓他們回去依計而行。這幾人回去後，大擺酒宴，請小偷兄弟們都來喝酒。大家開懷暢飲，都喝得酩酊大醉。這時那幾名頭領把紅顏色抹在這些喝得爛醉的小偷們的衣服上。張敞的人則在街市上等著，一看到衣服上有紅顏色的人就抓起來，一天就逮捕了一百多人，依法進行懲處。從此以後，長安城內偷盜之風被禁絕。宣帝聽說了這件事，非常賞識張敞的才能。張敞賞罰分明，除惡務求除盡，但也常常帶有人情味，不時乾些法外施恩的事，不像酷吏，專靠嚴刑峻法邀功請賞。在當時京兆尹是個相當難當的官，因為管理的是朝廷所在之地，京都街市繁華，人口眾多，公卿大臣多聚集在這裡，歷任京兆尹長不過二三年，短不過數月，不是被罷官就是被詆毀，失掉名譽。只有張敞任職時間長，且眾人都信服他。

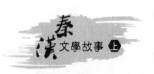

張敞天性率真，有時不拘禮度，班固評價說「敞無威儀」，其根據是這麼兩件事。一是有一天散朝後，張敞突然來了興致，命令駕車的小吏在繁華的章臺街，把車趕得飛快，張敞還覺得不過癮，自己親手拿著蓋車的布巾去幫著拍馬快跑。老百姓看到京兆尹像孩童一樣的舉動，都覺得很新鮮，此事也就很快傳開了。二是張敞的妻子很漂亮，尤其兩道彎眉，極其嫵媚。張敞很愛看他妻子的眉毛，興致來時，就拿起黛筆親自去幫她畫眉打扮。這雖是夫妻閨中的私事，說明張敞沒有一點兒夫權思想及老爺架子，但眾人卻認為有失大臣的威儀，以至長安城中流傳有「張京兆眉嫵」的話，嘲諷他為妻畫眉一事。朝中主管禮儀的官員因此彈劾張敞，宣帝特意召張敞來問此事。張敞對答說：「我想，閨房之中夫妻私下裡幹的事，有遠比畫眉更甚者，給自己的妻子畫畫眉算不了什麼，不值得聖上追究吧。」宣帝因為極其賞識張敞的才能，所以也不責備他。但朝中眾臣認為張敞不拘禮法，不能擔當重任，所以官一直做不大。

張敞與司馬遷的外孫楊惲是好友，後來楊惲被告發有大逆之罪，被誅殺。張敞也因此受到牽連，很多大臣上書彈劾張敞，說他與楊惲是同黨，應當免官。然而宣帝愛惜張敞，將彈劾張敞的奏章壓下不過問。

張敞照常行使京兆尹的職權。一日，他命手下主管搜捕盜賊的絮舜去辦案。絮舜不聽調遣，擅自回家去了。有人覺得絮舜做事太過分，就勸他。絮舜得意洋洋地說：「我為這個老爺賣命多年了，現在有人彈劾他，他也就再做五天的京兆尹，馬上要倒台，何必還那麼費力去討好他呢？」這話傳到張敞耳朵裡，張敞一怒之下，便命人將絮舜抓入牢裡，晝夜不停地拷問他。絮舜經不住嚴刑逼迫，最後胡亂招供自己犯有死罪，被處以棄市極刑。張敞也因此受到揭發，再加上他和楊惲一事有牽連，被削職為民，回山西老家去了。

幾個月之後，京城長安因無張敞這樣的京兆尹管理，一些人又開始放縱違法，冀州中部也發生了暴亂。在用人之際，宣帝又想起了張敞，便派使者前去徵召，派他到冀州任刺史。張敞到任後，很快平定了冀州的暴亂。後升為太原（治所晉陽，今太原市西南晉源鎮）太守。一年後，太原郡政通人和。後來，張敞死於任上。

張敞一生率真，愛憎分明。通曉《春秋》，善於寫文章。《隋書・經籍志》著錄有集一卷，已佚失。今存文十餘篇，其中〈為霍氏上封事〉、〈諫膠東太後數出遊獵書〉較著名。

美人王昭君的千秋史話

從前，我國北方有一古老民族叫匈奴，也稱作胡。匈奴人在戰國時期一直活動於燕、趙、秦以北地區。秦漢之際，匈奴的冒頓單于統一了各部落，勢力逐漸強盛。西漢初年，匈奴不斷南下攻擾，使西漢北方地區不得安寧。漢武帝下了很大決心抗擊匈奴，派衛青、霍去病等大將軍北伐匈奴，迫使部分匈奴部落北遷，使得北部地區的緊張局面有所緩和。

漢元帝時，匈奴中有兩個勢力較強的單于，分別叫呼韓邪單于和郅支單于。呼韓邪單于和漢朝比較友好，而郅支單于卻經常在漢朝的北部邊界製造麻煩。初元四年（公元前四五年），郅支單于還公然殺死了漢朝派去的使者。建昭三年（公元前三六年），漢元帝派西域都護甘延壽和副校尉陳湯調集四萬人馬，分兩路攻打郅支單于，打了幾仗後，漢兵打敗了郅支單于。

呼韓邪單于和郅支單于雖然是弟兄，但兩人一直不和，經常互相攻打。西漢打敗郅支單于後，呼韓邪單于又喜又怕，喜的是西漢幫他打敗了對手，他從此可以穩坐匈奴的王位；怕的是西漢也去攻打他。正是出於這些原因，呼韓邪單於急於想和西漢繼續修好。

竟寧元年（公元前三三年），呼韓邪單於帶著禮物來到長安朝拜漢元帝。呼韓邪單于表示要和漢朝友好相處，表示要幫助漢朝維護北方地區的安定。漢元帝很高興，當即向呼韓邪單于說：「你想要什麼，儘管說。」呼韓邪單于說：「珍奇寶玩我們也有，只是我們匈奴女人長得醜陋，不如中原。」漢元帝當即吩咐大臣說：「速去後宮傳朕口諭，誰願意到匈奴去嫁給呼韓邪單于，朕就把她當作公主看待。」

大臣進入後宮傳話後，後宮的宮女聽說要嫁到遙遠的北地匈奴，都面面相覷，誰都不願意去。這時候有一個女子站起來說：「小女願意嫁於呼韓邪單于。」這個女子便是王昭君。

王昭君，名嬙，字昭君，南郡秭歸（今湖北興山縣）人，生在長江沿岸的一個農民家庭，很年輕的時候就被選入宮中。王昭君在宮中是普通宮女，是嬪妃中最低的等級，進入宮中，幾年都沒能見到皇上，年紀輕輕的就忍受著深宮的寂寞和淒涼。宮女見皇上很難，然而皇上死後，卻要把宮女送到陵園去長年守靈，等待王昭君的將是更悲慘更痛苦的日子。

自從開國皇帝劉邦平城之戰險些被匈奴活捉後，漢朝便採取和親的政策來換取暫時的安寧，把宗室女封為公主，遠嫁匈奴單于，這些女子成了政治的工具。而王昭君自願遠嫁匈奴單于與以往被迫遠嫁是不一樣的，這次是匈奴主動與漢朝結盟，王昭君遠嫁是深明大義之舉。

大臣帶著王昭君走出後宮，來到漢元帝面前，漢元帝一看來的這位宮女真乃國色天香，他的心一下涼了半截，他後悔不該把這樣漂亮的美人答應給呼韓邪單于。漢元帝問王昭君說：「你是自願來的？」王昭君朱唇微啟說：「回皇上，是小女自願來的。」漢元帝說：「北地距此千里之遙，且經常風沙瀰漫，你可願意去？」王昭君說：「小女不怕路遙，不怕風沙，但願此去能使國家平安，我國北方不再起狼煙。」漢元帝聽到王昭君如此有見識，也就無話。眾大臣也都點頭讚嘆不已。

漢元帝按照公主的待遇給昭君安排了喜事，準備了豐厚的嫁妝：綢緞一萬八千匹，絲錦一萬六千斤，還有黃金、翡翠首飾等。

呼韓邪單于見到王昭君喜得眉開眼笑，他從來沒有見過這樣美麗的女子，而這美女現在已成了他的妻子。他對漢朝廷千恩萬謝，表示要世世代代和漢朝和睦相處。他還請求漢元帝解除對西北邊塞的防務活動，他要為西漢保護好西北邊疆，但西漢從長遠大計出發，婉言謝絕了呼韓邪單于的請求。

在呼韓邪單于和王昭君離開長安的那天，漢元帝在皇宮裡為他們舉行了盛大的歡送宴會。宴會後，王昭君披著大紅斗篷，含淚和姐妹們告別，在單于的扶持下騎上了高頭大馬。一行人馬離開了長安城，踏上了漫漫征程……

王昭君隨呼韓邪單于到了匈奴，呼韓邪單于一連幾天大擺筵席慶賀。呼韓邪單于封王昭君為寧胡閼氏，意思是帶來和平安寧的王后。他還派使臣給漢朝廷送去白璧一雙、駿馬十匹以及珠寶玉器等。

王昭君離開了西漢，來到了塞外。她看到了這裡的沙漠，這裡的草原，塞外空曠寂寥的藍天上滾動著白雲，王昭君的心中也湧起了思鄉的愁雲。她回想著在宮中的單調、寂寞的日子，她想起了宮中的姐妹還過著那種永遠也熬不到頭的冷清日子，她想到了她的家鄉，想到了家中親愛的父母……她禁不住眼淚滿眶，詩情奔湧，寫下了這樣一首詩：

秋木萋萋，其葉萎黃。有鳥處山，集於苞桑。養育毛羽，形容生光。既得升雲，上游曲房。離宮絕曠，身體摧藏。誌念抑沉，不得頡頏。雖得委食，心有徊徨。我獨伊何，來往變常。翩翩之燕，遠集西羌。高山峨峨，河水泱泱。父兮母兮，道裡悠長。嗚呼哀哉，憂心惻傷。

王昭君雖然時時思念祖國，思念家鄉，思念親愛的父母，但是匈奴人都喜歡她，尊敬她，呼韓邪單于待她也還好。匈奴和西漢也從此和平友好地相處，西漢北部邊界也一直比較安寧了。

王昭君死了以後，匈奴行大禮安葬了她。葬她的墳墓叫青塚，青塚在今內蒙古呼和浩特市南郊，大黑河南面。墓高三十多米，墳上長著許多青草，據說墳上的草比周圍的草早發青晚凋枯。

王昭君，這個美麗的名字連著國家和民族的繁榮，在祖國北疆呼和浩特市南郊的王昭君墓前，那石碑上刻著稱頌王昭君在民族和睦方面做出歷史功績的文字，其實，王昭君的形象早已刻在自漢代以來人民的心上，她的故事還要千秋萬代地傳下去。

劉向筆下的列女形象

劉向，其父親劉德，漢昭帝時，官至宗正丞，又徙為大鴻臚丞，再升為太中大夫。因為父親的地位，劉向十二歲時便充任御前輦郎，二十歲以後又被提拔為諫大夫。當時，在位的漢宣帝模仿漢武帝的做法，招選一批名儒隨侍左右，以備顧問之用。劉向由於聰慧通達，擅長寫文章而蒙選用。不久，劉向便蒙詔在未央殿北的石渠閣講授《穀梁春秋》，轉而又官拜郎中、給事黃門，再度升遷為散騎、諫大夫、給事中。

劉向精研五經，深信董仲舒提出的「天人感應」學說，認為自然界的種種現象無一不與社會政治狀況的好壞對應著。漢元帝即位之初宦官弘恭、石顯弄權朝中，排擠賞識劉向的大臣蕭望之、周堪二人。劉向上書皇帝，歷數自舜、西周以來各代朝政興敗和自然災變，指出當時災異現象頻發的原因在於群小當權，希望元帝近賢士而遠小人，否則國危無日。這篇文章言辭激切，慷慨沉痛，表達了劉向對時局深深的憂慮。成帝即位後，石顯等人被誅，劉向重新返朝任職。這時朝中掌權的人物是漢元帝的舅舅王鳳，他倚仗王太后的地位，恣意專權，非親不用，非故不進，王家一門兄弟七人都被封為列侯，驕奢淫逸，甚囂塵上。劉向站在宗族的立場上，目睹王家的專權，有感於自漢高祖以來外戚干政的一幕幕慘劇，選取《詩經》、《尚書》等儒家典籍所載的賢妃貞婦以及禍亂國家的女子為範例，寫了《列女傳》。全書共七卷，分為母儀、賢明、仁智、貞順、節義、辯通、孽嬖七類，列述前代婦女事蹟一百零四則。他想通過這部書讓成帝警惕因過於寵信后妃而導致外戚專權，釀成國破家亡的悲慘結局。同時，劉向還試圖通過這本書宣傳儒教禮法，來規範婦女的言行，達到扭轉社會風氣的作用。因此，《列女傳》問世以後便備受歷代統治者的青睞，成為舊時代女子修身的必讀書。雖然這本書的說教意味濃重了些，但也塑造了一批具有高尚品德、聰明才智的女性形象，甚至其中還有些屬於下層勞動婦女。

《列女傳・卷二》中記述了「齊相御妻」的故事。春秋時齊國名相晏嬰的車夫很為自己的職位得意。一天，晏嬰要出門，車夫的妻子暗中偷看他是怎樣為晏嬰駕車的。她看見丈夫駕著軒峻巍峨的大車，神色之間透露出萬分得意。等車夫回家後，她不滿地說：「怨不得你是如此的卑賤呀！」車夫驚問道：「你說是什麼原因呢？」妻子說：「晏子身高不到六尺，卻做到了齊國的相位，顯名於諸侯之間。今天，我從門縫裡察看了一下他的表現，一副謙恭謹慎自以為不如人的樣子。現在你身高八尺，卻替矮小的晏子趕車，可是你的表情竟是那麼洋洋自得，彷彿心滿意足了，因此我要離開你了。」車夫即刻醒悟，誠惶誠恐地向妻子道歉：「請允許我改掉自己的毛病怎樣？」妻子說：「如果你能做到的話，那將是內懷晏子的智慧，外具堂堂八尺之軀了。能夠身行仁義之道，給開明之君效命，你一定會顯身揚名了。再者我聽過這樣的話：『寧榮於義而賤，不虛驕以貴。』」於是車夫深刻檢省了自己，虛心學習，常常像是做得不夠的樣子。晏子感到很奇怪，便問他是怎麼回事，他就把這件事全部告訴了晏子。晏子很欣賞車夫納諫改過之舉，認為他是賢者，並把他推薦給齊景公，做了齊國的大夫。他的妻子則被齊王賜予封號，受到表彰。

在《列女傳・卷三》中則記述了一位能見微知著、具有非凡政治洞察力的魯國漆室女的故事。魯穆公在位時，漆室這個地方有位過了嫁齡卻未嫁人的女子。當時，魯國朝中國君年事已高，而太子卻還年幼。漆室女倚柱悲吟，經過的人聽後都情不自禁為她悲傷。她的鄰家主婦經常和她往來，以為她急於嫁人而心緒不佳，便對她說：「你為什麼唱得那麼悲傷呢，難道你是待嫁心切麼？別著急，我會為你尋到可意的配偶的。」漆室女答道：「唉！以前我認為你是個有見識的人，現在看來是毫無見識。我怎麼會由於沒有嫁人而悲傷呢！我擔心的是我們的國君老邁，太子年幼啊。」鄰家主婦笑道：「這是魯國士大夫們關心的事，我們婦道人家幹嗎要費心呢！」漆室女說：「不對，這不是你所能知道的！以前有位晉國客人停宿在我家，他的馬拴在園中，馬脫韁跑掉了，踩壞了我園中種植的冬葵，讓我一年沒有吃到冬葵。我的鄰家女兒跟人私奔逃走了，他們請我哥哥前往追尋，途中遇上洪水暴發，他不幸溺死，讓我一輩子沒有了兄長。我聽說河邊上的土地都會被河水浸濕，如今我們國君年老糊塗，太子年幼無知，如果魯國攤上動亂，將殃及全國的人們，女子又怎能躲過呢！我非常擔心國家的形勢，可你卻說婦人幹嗎費心，這是什麼原因呢？」鄰家主婦十分慚愧地道歉：「你考慮到的事情遠不是我所能想到的。」三年後，魯國國內果然大亂，齊國、楚國乘機進攻，魯國連年有外敵入侵。全國男子都上了戰場，婦女們也被迫運送物資，無法得到休息，國力疲弊不堪。

同卷中所記的「趙將括母」也展示了一位見識不凡、有著知人之明的女性形象。她就是戰國名將趙奢的妻子。秦攻趙時，趙孝成王派她的兒子趙括替代廉頗為趙軍統帥。她上書趙王力阻此事，趙王問她為什麼要這樣，她答道，趙括的父親趙奢做將軍時，用自己的薪俸養活了幾十位門客，周濟了上百個朋友，大王您賞他的錢帛之物，全都分給屬下的將士幕僚們。接受命令後就不再過問家事。現在，趙括剛剛受命為將，就朝東高坐召見軍吏，軍吏們沒人敢仰面看他。大王賞給他的財物，全都送入家中，接著便派人打聽哪裡有廉價田產可以買進。大王您認為他比得上他父親嗎？希望大王千萬不要派他去統帥趙軍。趙王執意不改變詔命，趙括母親請求道，大王一定堅持派我兒子去，如果他打了敗仗，我能夠不受牽連嗎？趙王答應了她。趙括替代廉頗才三十多天，就在長平之戰中全軍覆沒，四十五萬趙軍被秦軍活埋，趙國遭遇了空前的失敗，元氣大傷。趙王因為有言在先，所以最終沒有株連趙括的母親。

管仲是春秋前期大名鼎鼎的政治家，他輔佐齊桓公「九合諸侯，一匡天下」，成就了霸業。但他赫赫聲望的背後，卻有著女性智慧的閃光。「齊管妾婧」就述說了這位名相是怎樣在聰明、多才的小妾開導下豁然醒悟，為國家及時招徠一位賢士的事蹟。齊桓公時，有位出身低賤的賢士寧戚，因販牛停宿在齊國都城東門外。正碰上桓公夜間出行，寧戚敲著牛角引吭高歌。桓公聽了他的歌，知道他是個有才幹的人，就派管仲去接他上朝，想任命他為大夫。兩人相見，寧戚只對了句：「浩浩乎白水！」管仲不解其意，五天沒有上朝，面現愁色。管仲有位名叫婧的小妾見他心事重重，悶悶不樂，便問他碰上什麼麻煩事。管仲不屑地對她說這不是她所能懂得的。婧說：「我聽到這樣的話：『不要以老人年老就輕視他，不要因為低賤就瞧不起人，不要因為年少者年少就看不起他，也不要以弱者懦弱便藐視他』。」

管仲不明所以，接口問道這話是什麼意思。婧答道當年姜太公七十歲時還在商都朝歌市上以屠牛為業，八十歲才做天子之師，九十歲終於受封齊地，你說能因為他老就輕視他嗎？伊尹不過是有莘氏的陪嫁僕人，商湯任他為相，天下大治，你說能瞧不起出身貧賤的人嗎？皋陶之子五歲就開始輔助大禹，你能將他視為不懂事的孩子嗎？於是管仲趕忙下席向她道歉，並告訴婧他憂愁的原因是沒有弄清寧戚那句「浩浩乎白水」有什麼深意。婧笑道：「人家已經告訴您了，您還不知道嗎！古時有首〈白水〉詩，詩中不是說：『浩浩白水，鯈鯈之魚，君來召我，我將安居？國家未定，從我焉如？』寧戚的那句話是表示他想出來做官、為國效命的啊！」管仲如夢方醒，萬分高興地去回復齊桓公。桓公便鄭重其事地修治官府，齋戒五天，誠心誠意地召見了寧戚，請他來輔佐自己，齊國因此獲得大治。拋開說教的成分，從這些生動的女性形象身上，令人真切地感受到在男性為主的封建社會裡，女子實際上有著和男子不相上下的見識與勇氣，也讓人感受到智慧的有無、品格的高低其實與財富、地位並不是成正比的關係，有時恰恰相反。這些正是《列女傳》最具魅力的閃光之點，也是劉向無意中最富創見的地方。

讀故事・學文學

秦漢文學故事　上冊

編　　著　范中華
版權策劃　李　鋒

發 行 人　陳滿銘
總 經 理　梁錦興
總 編 輯　陳滿銘
副總編輯　張晏瑞
編 輯 所　萬卷樓圖書(股)公司
排　　版　鄭　薇
封面設計　鄭　薇
印　　刷　百通科技(股)公司

發　　行　昌明文化有限公司
桃園市龜山區中原街32號
電　　話 (02)23216565
傳　　真 (02)23218698
電　　郵 SERVICE@WANJUAN.COM.TW
大陸經銷
廈門外圖臺灣書店有限公司
電　　郵 JKB188@188.COM
香港經銷
香港聯合書刊物流有限公司
電　　話(852)21502100
傳　　真(852)23560735

ISBN 978-986-91874-2-8
2015年8月初版一刷
定價：新臺幣250元

如何購買本書：
1. 劃撥購書，請透過以下帳號
帳號：15624015
戶名：萬卷樓圖書股份有限公司
2. 轉帳購書，請透過以下帳戶
合作金庫銀行古亭分行
戶名：萬卷樓圖書股份有限公司
帳號：0877717092596
3. 網路購書，請透過萬卷樓網站
網址 WWW.WANJUAN.COM.TW
大量購書，請直接聯繫，將有專人為您服務。(02)23216565 分機10

如有缺頁、破損或裝訂錯誤，請寄回更換

國家圖書館出版品預行編目資料

秦漢文學故事 / 范中華編著.
-- 初版. -- 桃園市 : 昌明文化出版 ;
臺北市 : 萬卷樓發行, 2015.08-
冊 ;　公分. -- (讀故事.學文學)

ISBN 978-986-91874-2-8(上冊 : 平裝)

857.63　　104009981